■ 全民微阅读系列

活 着

HUO ZHE

黄红卫 著

江西高校出版社
JIANGXI UNIVERSITIES AND COLLEGES PRESS

图书在版编目（CIP）数据

活着 / 黄红卫著. —南昌：江西高校出版社，2017.7（2024.9 重印）

（全民微阅读系列）

ISBN 978-7-5493-5807-6

Ⅰ. ①活… Ⅱ. ①黄… Ⅲ. ①小小说—小说集—中国—当代 Ⅳ. ①I247.82

中国版本图书馆 CIP 数据核字（2017）第 170641 号

出版发行	江西高校出版社
社　　址	江西省南昌市洪都北大道 96 号
总编室电话	（0791）88504319
销售电话	（0791）88592590
网　　址	www.juacp.com
印　　刷	北京一鑫印务有限责任公司
经　　销	全国新华书店
开　　本	700mm×1000mm　1/16
印　　张	14
字　　数	134 千字
版　　次	2017 年 7 月第 1 版 2024 年 9 月第 3 次印刷
书　　号	ISBN 978-7-5493-5807-6
定　　价	58.00 元

赣版权登字-07-2017-831

版权所有　侵权必究

图书若有印装问题，请随时向本社印制部（0791-88513257）退换

当代生存伦理的迷失和坚守

朱一卉

看完黄红卫的小小说集《活着》，我首先想到的是余华的同名长篇小说《活着》。

余华通过徐福贵从国民党统治后期到"文革"时期的不幸遭遇，写人对苦难的承受能力，对世界乐观的态度。余华冷静地告诉读者：人是为活着本身而活着的，而不是为了活着之外的任何事物所活着。

当文学作品中充斥着对人生意义的浮夸，兜售着廉价的生存价值时，余华作品的独特思考振聋发聩、直抵人心。

是的，普通人，无论在怎样艰难的境遇中，能够善良地活着，就是英雄。

黄红卫的《活着》，60多篇小小说，一个又一个小人物的故事，他们在当下的生活千姿百态、丰富多彩，但黄红卫紧盯人们生存伦理的迷失和坚守，刻画了众多在物欲横流、道德沦丧的时代中，善良地活着的人物形象。黄红卫小说的内涵和价值，在某种程度上，和余华的作品是相通的。

小小说篇幅短小，无法展示宏大的历史场景，也不能刻画复杂的人物形象，立意的深刻和高远就尤为重要。显然，黄红卫做到了这一点。因而,她涉猎小小说写作不过两年多,就佳作迭出,多篇作品被《小小说选刊》《微型小说选刊》等转载,《谎言》入选《2015年中国小小说精选》。

立意为先,内容为王。一篇优秀的小小说,选择什么样的题材极其重要。黄红卫把目光投向小人物的生老病死,把人物置身在工作、生活的关键时期来解剖,让他们在恋爱、婚姻、就业、病痛、死亡的矛盾冲突中做出突显精神品格的抉择,从而,让读者看到这个时代里我们的伤痛和快乐,迷失和希望。

《银花与金花》中,银花老公是出租车司机,和鞋厂女工金花相好。银花从老乡处获悉后,从老家寻来,应聘进鞋厂打工。在和金花接触时,她诉说了自己与丈夫往日的深厚感情和来城里寻人的打算。金花的老公在深圳打工,两个女人处境相近,金花猜出银花的身份后,羞愧之中幡然醒悟,当即决定断绝和银花丈夫的联系,回一趟老家看看孩子后,就去深圳找丈夫。这篇小说关注了远离家乡的打工者的性状态,写了他们的出轨和回归。银花的执着和聪明,金花的善良和悔悟,都跃然纸上。她们理性地对待婚姻中的问题,用宽容弥补裂痕。

在黄红卫笔下,有乡村泓湾的农民,有从泓湾出发进入城市的打工一族,保安、辅警、的哥、女工、修车的、收废品的……几乎涵盖了最底层最草根的职业。在这些小人物的喜怒哀乐中,黄红卫正视他们身上的弱点、缺点甚至劣性,描写他们的迷失甚至堕落,但也从来没有忽视他们在内心的煎熬后所迸发出的人性的光辉。《立春》《雨水》是两篇人物、情节关联的小小说,纺织厂挡车女工立春在家留守,而丈夫、机修工雨水外出闯荡,经济条件一年比一年好,儿子都快要上大学了,雨水在城里经历了感情的波澜后,五六年没回老家泓湾的他,终于决定回家。他们对伦理道德的坚守或回归,让读者感到了温暖,看到了希望。

黄红卫善于发掘小人物身上的"善"。《等待》中的实习医生,虽然和出租车司机的爱情有所动摇,但当流浪汉晕倒在马路上时,她挺身急救;《鱼儿》中的鱼儿去见网友,被网友偷走了所有的钱,可遇到了热心帮助她的好人"小胡子";《修车纪》中的小纪卖水果修锁修车,从小纪变成了老纪,从流动摊贩到街边摊点,随和、热情,常有爱心善举,活得有滋有味有尊严;《许仙》中收废品的许仙,活泼开朗,乐于助人,守规矩,有底线;《瘤子》中的继父对继女产生了瞬间的邪念,但他有担当,对家庭负起的责任,足以洗刷他的耻辱;《手洗》中的红梅,离婚前提出要求,让从来不洗衣服的丈夫家林为她手洗衣服两个月,只是为了教他学会照顾自己,那种东方女性的牺牲精神和美德令人动容。小说结尾写道:"家林拿着签了名的离婚协议去找莫莫,告诉莫莫,前妻如何不择手段刁难了自己。莫莫听完,忽然叹了口气说:'你妻子曾找过我,知道我不会洗衣。她是担心将来没人替你打理,所以让你学会自己照顾自己的呀!'家林愣住了。"愣住了的家林,会回心转意吗?

黄红卫笔触深广,写小人物的恋爱、婚姻,写金钱、地位、职业对婚恋的影响,写初恋、单恋、婚外恋、黄昏恋,写恋爱中的竞争、背叛,写空巢老人的晚年生活,也写拆迁、讨薪……单篇小说的表现力有局限性,但汇聚成集,一个广阔、缤纷的世界就展现在了读者面前。

比起短篇小说,小小说更加注重结构的精巧,讲究情节的出人意料,黄红卫的《奶奶的亲戚》《谎言》《二歪》《贵人》等作品都独具匠心。综观黄红卫的小小说,并不以结构的精致见长,她的作品,有中国传统笔记小说的味道,善白描,人物的刻画,气氛的营造,生动细腻,别有风格。

　　有评论家指出,黄红卫的叙事语言娴熟,充满烟火气,有池莉的味道。她的叙事功力,在中国的小小说女作家中,似乎只有申永霞、陈力娇能与之相比拟。这样的评价,我觉得恰如其分。以《门当户对》为例,"我娘"向"我"讲述"我外婆"和她自己的婚姻经历,向我灌输门当户对的观念,"你外婆像你这般年纪时,被你细条条文绉绉的外公勾了魂。一个魂不在身的人儿怎熬得下去呢?谁想,你外公的家人不同意,坚决不同意,称门不当户不对。你外公地主出身,宅地上的房子前前后后大院小院连成片,八仙桌太师椅排成行列成队,床头床尾雕龙刻凤,女眷头插金簪,男眷遛鸟斗鸡。这一百八十杆子挨不着边沿的两个家庭,怎能凑到一块呢……"绵密的语言浩荡而来,信息量大,絮絮叨叨中,两代人的人生活灵活现。黄红卫就有这个本事,往往在短小的篇幅中,写透写活了一个人的一辈子。

　　每个人只有一辈子,在小说中,我们可以看到很多很多的一辈子,很多很多的活法。不管怎么样,活着就是美好的,活着的时候,给人快乐,予人善良,则更美好。黄红卫的小小说,让读者看到的,就是生活的善良,生活的美好。

　　(朱一卉,小说家,江苏省作协会员,南通市作协秘书长,南通报业传媒集团江海晚报社编委、专刊副部主任。)

2017年3月4日星期六

目录

第一辑　姐姐　　/001

杏花　　/002

刘香　　/005

姐姐　　/009

女教授　　/012

女老师　　/015

女老板　　/018

银花与金花　　/021

第二辑　英儿　　/025

初恋　　/026

等待　　/029

英儿　　/032

对面的女孩走过来　　/036

谎言　　/038

阴差　　/041

阳错　/045

别墅　/048

麻雀　/051

第三辑　西餐　/055

红蛋　/056

小姑　/059

红头绳绿头绳　/062

银元　/064

与昨天一样　/068

跳舞　/071

西餐　/074

壶　/076

购物袋　/080

老乡　/083

门当户对　/086

荣华富贵　　/088

等　/091

福气　/094

秀英的两个小时　　/097

第四辑　如果不是与你相遇　　/101

叠元宝　/102

手洗　/103

立春　/106

雨水　/110

八哥　/113

鱼儿　/117

妹妹　/120

如果不是与你相遇　　/123

相亲　/126

第五辑　瘤子　　/129

修车纪　　/130

许仙　　/133

风　　/136

好房子　　/139

故人　　/143

精钩子　　/146

二歪　　/149

理论家　　/152

活着　　/155

瘤子　　/158

第六辑　善良　　/163

贵人　　/164

母亲　　/167

父亲　　/170

跑步机　　/174

奶奶的亲戚　　/177

一棵树的前世今生　　/180

善良　　/183

认爹　　/185

寿宴　　/189

十年　　/192

坐下来　　/195

第七辑　我叫艾薇儿　　/199

我叫艾薇儿　　/200

等一等　　/203

烟花　　/206

离婚　　/209

第一辑 三姐姐

杏 花

今天是杏花相亲的日子,看热闹的人说这回真要成,是王婶做的媒呀。

杏花信王婶。

这杏花,从小与众不同,喜欢看报纸,看《参考消息》。一个十多岁的小女子,捧着《参考消息》颠来倒去,你说是哪门子事?

报纸是村部的。村部常常没人,邮递员就把报纸扔在隔壁卫生室。就算村部有人,也没谁去稀罕。杏花呢,常常去卫生室抓药,看上了,上瘾了。

杏花说:"要打仗了,报纸上说的,真要打起来就是第三次世界大战。"

杏花说这些时,报纸或夹在腋下或塞在裤腰里。杏花觉得报纸真是好东西,可以糊墙可以剪鞋样子可以擦屁股可以……擦屁股太奢侈。渐渐地,杏花家的泥巴墙上糊满了报纸。

杏花爹痨病。

杏花娘生杏花时落下了月子病。

哥像爹,痨病。

杏花长到一米四几就不长了,说是扁担压的。杏花不承认,杏花说:"扁担不单压我肩上。"杏花脸庞黑黝黝的,说是被月亮晒的。杏花也不承认,杏花说:"月亮地里干活的不止我一个。"杏花再拼命,家里仍然老样子,甚至不如老样子,房子愈加陈旧,病的更加厉害。

杏花家需要一个男人,一个身强力壮的男人。

杏花不以为然,不以为然的杏花趁夜色去了王婶家,王婶的儿子是附近方圆十几里的第一个大学生。杏花与他同过桌。

杏花说:"婶,我做你儿媳,行不?"

王婶说:"按道理行,但是……"

"但是什么?"杏花好奇怪。

杏花又说:"我那会成绩比你儿子好,我要上得起的话不用复读呢。"也是的,王婶的儿子复读了一年。

王婶笑着说:"倒是,谁不知你杏花顶顶聪明,可是……"

"可是什么?"杏花好奇怪。

杏花又说:"你儿子将来在外面找一个的话,你能喝到人家一碗汤一碗水?"

王婶说:"杏花你是个好丫头,肯定能嫁个好人家。"

杏花觉得越来越奇怪,杏花说:"好人家就是婶你家啊!"

王婶被缠得没法,说:"我儿毛病多呐,尿床、磨牙、呼噜,晚上近不得身的。"

杏花说:"不许婶瞎说,你儿子可是个大学生!有书念的大学生!但是婶也别小看我初中未毕业,高中的书我都能看懂。这块儿前后左右就你家儿子读大学,不找他我找谁?"

王婶说:"要看书好办,让我儿子带回来就成。"

杏花等呀等,若干年后王婶儿子回来,手里没书,手里牵了女朋友。

杏花哭了一场,稀里哗啦地,比爹去世还凶。哭过,媒婆上门了,说那谁谁谁,挺好的一个小伙子。

杏花说:"等等,先大后小,哥还没成家。"

媒婆说:"省省这心,先把自己嫁了,三十多了,眼看老丫头了。"

杏花说:"我已发过誓了。"

那时田分到了户头,高兴长啥就啥。都说养蚕好,一年下来整千整千地收回杏花也栽了桑树,但她没地方养蚕。杏花去了村部,支书是个老支书,看着杏花长大,特仁慈,随手一指,杏花看到了希望———间废弃的仓库。第一年,蚕不结茧子,王婶过来说:"杏花你搽雪花膏了。你不是看了书,书上没讲么?"这话要从别人嘴巴出来,杏花肯定急。杏花单单服王婶,跑回家偷偷把雪花膏瓶子扔进了宅沟。

攒了不到一万的积蓄,杏花着手替哥哥盖新房。新房子连着老房子,内外贴满马赛克,顺便把老房子刷了一层石灰水,不堪的家有了新气象。

杏花感觉少了点什么,她用自己做的布鞋去废品收购站换回一叠书,有小学生课本,有语录。杏花把书码在床头,高兴时还会念出声来。

杏花没来得及陶醉,倒霉的哥哥步了爹的后尘。杏花准备把自己往死里哭,没死,活过来了。

媒婆又来了。媒婆说过不管杏花的事,杏花娘托人求来的。

媒婆说:"人家泥水匠的老婆遇了车祸,有一子。"杏花当场变脸色。

卧床不起的杏花娘干着急,拍床板子。

媒婆对着杏花说:"别怪我说话不好听,四十好几的女人,好比旱田,把人家儿子带带好,一样有盼头。"

杏花指指自己千辛万苦盖起来的房子说:"难道改姓?"

杏花拗不过娘,去找王婶。杏花觉得只有王婶理解自己。

今天这相亲的日子也是王婶定的。

王婶带着那男人来了,男人比杏花小一岁,从小没爹没娘,至今未婚,入赘不入赘无所谓。

杏花指着瘫痪在床的娘说:"丑话摆前面,入赘不入赘我随便,我的娘反正就是你的娘,你得像亲娘样对待。娘便秘,实在不行时就用手抠,你要不试试?"

男人说内急,拎拎裤带上了厕所。

眼睛一眨,男人溜了,比兔子快。

刘 香

刘香去菜市场,听人说到银行存钱,还有鸡蛋抓,正宗土鸡蛋,蛋黄通红通红。

刘香退休十来年,工资涨呀涨的有了二千多,平时贴补贴补儿子后,攒点钱老实说不容易。前夫去世早,现任也有一子,两人虽一锅子吃饭一张铺睡觉,开销却是小葱拌豆腐,分得一清二楚。比方说刘香今天买了一斤肉一条鱼,回去就要翻本子记账。现任也一样,缴了物业费送了邻居人情什么的,一笔一笔,毫不含糊。月底汇总,两人平摊。每每此时,刘香不由怀念前夫,眼泪在眼眶打转。

刘香暗暗记下是哪家银行。刘香手头刚好攒了一万,正琢磨着往哪存。

刘香把菜送到家里,屁一阵工夫又往外走。现任说:"大热天,赶什么紧?"

刘香说:"鸡蛋忘了买。"

银行排队的顾客还真不少。

刘香拿了号,就要去抓鸡蛋,别了"实习"工号的小姑娘阻挡说:"阿姨,请先存钱后抓鸡蛋。"刘香只得缩回去,眼睛仍盯着那些鸡蛋,有人抓了四枚,有人能抓五枚。刘香想菜市场那人说抓了十五枚啊!

轮到刘香抓鸡蛋时,现任打电话来询问:"上哪买鸡蛋了,还不回来吃午饭?"现任关心倒是挺关心的,唯独……

刘香说:"超市鸡蛋大特价,队伍绕了好几圈。"

小姑娘说:"阿姨你使劲抓。"

刘香是使劲抓了,却只抓了四枚,不甘心,重来,仍是四枚。

刘香说:"人家抓了十五枚呢。"

小姑娘说:"人家存钱多,抓的机会就多。"

跨出银行大门时,刘香听人讲鸡蛋算什么,其他银行还有电饭煲、餐具赠送呢。

电饭煲?餐具?刘香后悔了。

现任不在屋里,肯定出去打牌了。刘香从来不问现任是输是赢,问了干吗?什么都好问,唯独……

刘香草草扒了一口饭,翻开本子,写道:七月九号,鸡蛋四元。想了想,改成五元。

小姑娘说:"咦,阿姨上午来下午又来呀,还要存啊?"

刘香说:"才接到信,乡下老人生病了,等用钱。"刘香取了钱,小偷样溜出银行大门,乘公交奔其他银行而去。

大堂空空荡荡,没几个顾客,也没电饭煲、餐具的影子。保安神神秘秘的,问刘香有没有在这存过钱?

刘香谎说存过的，拿了电饭煲、餐具什么的。

保安说那是以前，现在只能拿洗衣粉、牙膏之类。

刘香拎着洗衣粉出来时，保安左顾右盼着说："不要告诉别人说是我说的，我外甥女那边有山地车赠送，还有电风扇。"

"你外甥女？"

"对呀，我外甥女是经理。"

"为啥不早说？"

"以后去我外甥女那边就是了。"

刘香说："不，我现在就去。"

刘香退到柜台前，说才接到信儿，乡下老人生病了，等用钱。

一个小时后，刘香找着了"外甥女"。

"外甥女"非常热情非常客气，说不好意思，此活动已圆满结束。你不存的话留个电话，等下次活动通知你。

刘香夹紧了包包想，不如再抓一次鸡蛋去。

小姑娘依旧笑嘻嘻的："咦，阿姨还存钱呀？"

"对对对，存钱。这次，得让我抓六枚。"

那钱呢？那缠了白纸条的钱呢？

刘香把包翻了底朝天。

刘香下意识摸口袋，可是，这套着了大朵大朵牡丹花的人造棉衣裤，偏偏没着一个袋子。

刘香重新跨上那路公交，对着一车厢乘客说："我钱丢了。"

刘香去找"外甥女"，朝"外甥女"说："我丢钱了。"

刘香在马路上晃到天黑，刘香多么希望有个人对自己说捡到钱了。

刘香把自己关在房间里，一个劲一个劲掉眼泪，哭自己，哭前夫。

现任推门进来:"怎么回事?"

什么都能说,唯独……

现任说:"你说话呀,到底怎么啦?"

什么都能说,唯独……

现任急了:"要不喊你儿子来?你这样子,要急死人了!"现任果真打了儿子电话,没打通。现任说要不请你娘家人来?

刘香说:"你急啥?你反正没丢一分钱。"

"丢钱啦?丢了多少?"

刘香说:"一万。"

现任忽然笑了起来:"我正好捡了一万。"

"真的?"刘香止了哭。

"真的。牌桌上捡的。"

"你的,又不是我的。"刘香又要哭。

"傻婆娘,我的不就是你的。"现任捧出一叠钱,说这几万,本来准备买股票的。

刘香说:"你不提防我啦?"

"提防啥?我算看透了,你那儿子,你靠不到。我的儿子,我靠不到。"

刘香噗嗤笑了:"把那记账的本子撕掉吧。"

"好,撕掉。"

夜,静悄悄……静悄悄……月亮透过朦胧的窗纱,窗内,一派温柔……

姐 姐

姐姐又哭又闹。

要成为我姐夫的那个,外号"二三"。生下时二斤三两不算,小学二年级上了三年,上了三年就上了三年,问题是仍写不清楚自己姓名。

父亲劝姐姐:"有点二三不碍事,傻人傻福嘛,人家是国有工厂大工人,捧着'铁饭碗'。你过去,也捧'铁饭碗'。'铁饭碗'啊!退一万步,就算是为了你哥。再退一万步,就算帮你老子一把。"

老古言:破窑里烧好砖。

我们家穷归穷,兄妹仨个个有模有样,哥哥像电影《小花》里的男主角,姐姐像女主角。至于我,等等再说。

老古言:嫁人要看人家的梁。

梁是什么?是水桶般粗的木头。

我们家两间半房的梁是什么?是碗口粗的毛竹。

来"访人家"的丫头,从外看到里、从下看到上,目光都被那几根梁打了"折"。

那一年,哥哥三十。父亲长吁短叹、茶饭不香,急煞!

那一日,家里忽然来了个与父亲热乎得不能再热乎的客人,等两人的脸膛与碗中的高粱酒同样颜色时,客人抬眼看看凑着一抹斜阳纳鞋底的姐姐,大声说:"老哥,就这么定了!"父亲端起碗,与客人的碗"哐"一击,直着嗓门说:"老弟,定了!"

姐姐一愣怔，拿针的右手戳向拿鞋底的左手，一颗血珠"咕噜"冒出来，洇在雪白的鞋底上，像朵鲜艳的梅。

按父亲的说法，来的是贵人；按父亲的说法，我有姐夫的同时有了嫂嫂。

贵人先是看中了姐姐，要姐姐做他家儿媳。也不瞎要，让姐姐以"土地工"身份进厂。想想便宜占得有点大，又说膝下另一小女，得过小儿麻痹，如不嫌……

父亲说不出嫌的道理，哥像捡了个宝贝。

姐姐不哭不闹。

临嫁前晚，彻夜未归。第二天天边露出鱼肚皮时，跌跌撞撞回来的姐姐，脸色比鱼肚皮还白。

姐姐喜欢的人，是个木匠。两人站一块，那叫般配，像梁山伯与祝英台。

满月，姐夫来告状，说姐姐睡觉不肯脱裤子。大功告成的父亲，稳当得真像一座泰山，眼皮子瞭都不瞭下。姐夫两碗酒一灌，愈发委屈，尖细的小脸儿竟然挂着两颗泪珠。

两个月后，姐夫又告状。姐姐一听，掩着嘴巴奔到场头，吐了个昏天黑地。父亲问姐夫："咋回事？"姐夫伸出鸡爪般的手指说："就两三次。"父亲眼睛一瞪说："要做爹的人了，不怕被人笑话！"

女儿生下后，姐夫动辄打姐姐，一星期打一次，吃饭能把饭碗打飞，睡觉能从床上打到地下。姐夫怀疑姐姐与厂长有一腿，要不然，怎会轮到姐姐做车间组长？要不然，怎会夜夜屁股冲着自己？

姐姐不分辩，也不哭，生怕眼睛哭红了遭人笑话。只管一心一意带好女儿；只管拼命工作，得劳模称号。

木匠一次又一次候在姐姐上下班途中，要姐姐把婚离掉，把女儿争过来。姐姐说:"人不能欺人太甚,再说过河拆桥的事我不能干。"

心灰意冷的木匠选择了出国做工,新加坡、伊拉克、科威特……一去三年、再一去还是三年,不知道多少个三年后被半截铁钉击中左眼,又感染了右眼。睁着义眼的木匠把一大笔赔偿金递给了姐姐,说逛了大半个地球,新加坡最文明最漂亮,要姐姐把女儿送到新加坡去留学。姐姐说:"你留着找个女人好好过日子。"木匠说:"找什么找?人家看中的是我的钱。"

有段时间,姐夫不打姐姐了。姐夫生病了,风一吹要倒的样子。姐姐对姐夫说:"你应该明白了吧,这么些年我都是为了你好。"原来,姐夫有暗病,新婚之夜姐姐就发现姐夫肚子上有一道"四脚蛇"一样的疤痕。

那时适逢姐姐工厂改制,员工裁了半数,厂长欲留下姐姐做车间主任。姐姐说不干了,忙不过来了,要推坐轮椅的姐夫晒太阳,要替姐夫擦身子换尿片。

姐夫六十大寿那天,定居英国的女儿、女婿飞回来了。姐姐准备在家里摆宴,女儿说到最豪华的酒店弄。工作人员听说是寿宴,特别奉上一盘子糯米捏的"寿桃"。姐姐看红头绿叶的"寿桃"喜气,一高兴,攥了一个放进姐夫嘴巴里。姐夫腮帮子动了动,喉咙里发出"呵……呵……"的声音。女儿说:"爹这是要干吗呢?"

姐姐说:"你爹在夸寿桃好吃呢。"姐夫一听,又孩子气似的冲桌子中央三层高的蛋糕,"呵……呵……"女儿说爹别急,等一等。"祝你生日快乐……"随着欢快的旋律,姐姐率女儿女婿团团围住姐夫,击掌而歌。一抹斜阳透过窗棂,姐姐花白的头颅像裹了一层金。

女教授

女教授叫小S。

小S没成为女教授之前，与丈夫离过两次婚。

第一次是为了夭折的孩子，小S怪乡下公婆没照管好，小D（丈夫）不承认，小两口打了几架，签了离婚协议，共同财产仅一间租来的服装铺。

那服装铺我去过，堂哥带我去的，小D是堂哥表弟。堂哥带我去捞便宜货。

服装铺贴出转让条子后，我又捞到一次便宜货，堂哥送来的。

等乡下公婆得知他俩离婚的事，已隔半年有余，春节里小D回乡，瞒不过，才将此事兜底说了。老人差点气晕，想明白后，捧了数万块人民币，向小S负荆请罪，这桩婚姻总算得以修复。

得知怀上第二个孩子那天开始，小S就做好了自己抚养的准备，首先张罗买房，堂哥也拿出去好几万。

太平无事了一些时日，小S起草了第二份离婚协议，理由是小D好赌懒做，不求上进。且说不要任何人充当和事佬，没用，无法挽救！这次比较复杂，有孩子有房子。但是再复杂的事情在小S看来三言两语就能解决——孩子、房子归我小S，剩下的负债归你小D。

债务就是堂哥那几万。

堂哥说不急。堂哥与小 D 感情甚笃,小 D 进城时,在运输大队工作的堂哥手把手教会了小 D 开车,才有了日后开货车的小 D,才有了搭小 D 车进城的小 S。尽管,小 S 一再强调自己的婚姻是"搭错车"!

堂哥看小 D 郁闷,常一块吃吃饭。堂哥说:"喝喝小酒无妨,不能参与赌博。"

小 D 说:"谁赌啦,一两次小来来也算赌?瞧不起别人是真。"小 D 酒量极小,一碰酒杯脸就红,眼圈也会红。

堂哥说:"要不换换环境,去省城寻你姐姐姐夫弄个事做做。"小 D 姐姐姐夫是恢复高考第一批大学生。

小 D 说:"省城不去,高级的做不来,低级的塌姐姐姐夫台。姐姐姐夫要我们就地等待,耐心等待。"

这一天还真的给等来了。

天晓得小 S 如何搜索到情报的。

小 S 居然主动约会小 D,先是拎了点心看望乡下的老人,尔后直奔省城。小 D 兄弟姐妹五六个,小 S 决定先下手为强。

堂哥说这些时,眉飞色舞。堂哥说:"你看看你看看,还有这等稀奇事。"谁料,我也得劲起来:"不稀奇啊老哥,一人飞升仙及鸡犬,古往今来之常理,你也得努力一把!"

堂哥说:"枝开叶散,甘霖有限。省城那边打了招呼,不做厚此薄彼之事。"

话虽这么说,堂哥仍心有期待。我理解堂哥。

小 S 终于时来运转,堂堂正正坐进某院校办公室。

堂哥没沾省城的光,沾了小 S 的光。

也是凑巧。堂哥所在运输队解散时,小 S 已爬上了办公室主任的位置,小 S 让堂哥先做做后勤,三个月后负责采购,包括院

校食堂。

堂哥走马上任,意气风发,不久,卖了小房子,搬进大房子。堂哥喊我吃饭的次数明显增多。

堂哥四十八生日那天,适逢暑假,堂哥闲着也是闲着,在家里弄了一圆桌。我说:"主任应该来呀。"堂哥说:"主任是过去式啦,人家已经晋升教授,堂堂皇皇的女教授!"堂哥说"女教授"时,突然笑了起来,刚呷进嘴巴的酒喷出来,溅了我一身。我说:"老哥你瞧瞧,瞧瞧,有啥好乐的。"堂哥干脆放下酒杯,捂着南瓜样的肚腩笑了三分钟,然后掩着半张嘴巴说:"你不晓得,闹离婚那会,小S写的离婚协议上有好几个错别字。"可别小看了堂哥,八四届的高中生,肚子里有货色。堂哥又掩了掩嘴说:"别外传啊。"又说:"小S正带着孩子在外地避暑呢。不过,争取明年请他们来,四十九,好好热闹热闹。"

不等四十九,堂哥又一次面临失业。

电话里,堂哥的声音非常焦虑:"快替老哥打听打听,寻个工作,保安也行。"

"咋啦?"

"又闹离婚了,这回动真格的,恐怕要打官司。"

"都女教授了,还不知足。"

"是小D要离。"

"啥?"

"小D说不快乐。"

"别墅有了,奔驰有了,孩子未毕业就落实了工作,不快乐?"

小D在某事业单位混日子,混了十来年仍是接待员。领导晓得其背景,曾重点培养过,无奈小D还真是个不求上进的阿斗,泡健身馆,泡高尔夫场,泡农家乐,反正替他埋单的人在排队。小

S呢，截然相反，几乎年年先进，工作之余拼命充电，床头、地板、饭桌、马桶……到处搁了书本本，甚至……甚至难得做一次爱，手里仍举着书。

小S不同意离，死也不同意。

小D铁了心要离。

小S就放了狠话，怎么来的怎么滚蛋，统统滚蛋！原来，院校里像堂哥这样的亲戚，不止一个两个。

我说："老哥别慌，这是女教授的杀手锏。小D会软的。"

女老师

女老师叫晶晶，才二十出头，上海人，经媒婆介绍，嫁到了不算太远的苏北。

当时是这样传说晶晶的：晶晶去黑龙江插队，待不惯，哭着跑回了上海。人跑回来了，户口跑不回来，咋办？晶晶爸妈急煞，七拐八弯托付，只要离上海近一点，只要人老老实实。晶晶长相嘛，白得像糯米圆子，保证标致！

白有啥用，会穿针走线吗？会烧茶煮饭吗？标致有啥用，顶劳力吗？顶口粮吗？苏北自有苏北人的择媳标准。

"哎，村东头曹老汉家老二。"不知谁想到了这一说。

曹老二五官算均匀，个头矮，老实，太老实，三扁担打不出一个响屁。加之家底子薄，三十好几仍单身。

据说，新婚之夜，曹老二半宿无语，后半夜忽然哼哼唧唧笑了起来,似在讨好晶晶,晶晶无回应。第二天,一句歇后语在村里传开了:曹家老二———一夜无话。

晶晶做老师之前,先在宣传队待了一段时间。

曹家人发现,晶晶果然不善家事及农事,只高兴靠在床头看小说。另外,晶晶有一台砖头块大小的收音机,专门播苏北人听不懂的越剧。曹家有一老亲在乡里跑跑弄弄,于是让老亲想法子,将晶晶弄进了宣传队。

我欣赏过晶晶的舞姿,是在学校操场。晶晶似很害羞,眉眼只顾自己鞋尖,跳着跳着撞着了舞伴"卷毛",手中的"红宝书""扑嗒"掉在地上。大家哄笑起来,晶晶的脸像块大红布。

"卷毛"替晶晶捡起了"红宝书"。"卷毛"是直接插队过来的上海知青,爱拿烧得通红的火钳卷刘海。"卷毛"还有一个拿手戏——拉二胡,"卷毛"拉二胡时,配了毡帽、墨镜、长袍等行头。"卷毛"拉的曲子伤感苍凉,一旁的晶晶一副悲悲切切的样子。

晶晶做我老师时,我上小学四年级,语文老师生病了,临时请来晶晶代课。

讲台上的晶晶老师,眼睛总像两颗葡萄,分明哭过的。

外界传说"卷毛"给曹老二戴了"绿帽子"——听起来好像不是好话。我替晶晶老师担忧,是真担忧,晶晶老师经常表扬我,夸我学习好。

还真出事了。

一晚,学校操场放映《地道战》,未等落幕,一众顽皮争先恐后扑向学校背后的水泥桥,抢占桥洞,模拟战争,谁料与一对狼狈不堪的男女撞了正着,月光下,人们看清了,是晶晶与"卷毛"。

曹老二也在涌来的人群中。

曹老二正纳闷着,电影放一半时,晶晶说解手去,解着解着就没影了。

上一次放《地雷战》,晶晶也这样,也说解手,解着解着就没影儿了。等曹老二扛了凳子回屋,晶晶却在床上看书,晶晶说书比电影好看。

那夜,曹家通宵灯火通明,却没听见晶晶哼一声喊一声。

顽皮们觉得惹了事,对不住晶晶老师,第二天没敢来上学。晶晶一瘸一拐来了,眼睛不像葡萄了,像两口枯井。

晶晶是来请假的,尔后回上海待了数月。期间,有消息称知青政策开始松动,可就近安排工作,路子广的,暗暗做好了返城的准备。

"卷毛"第一个离开苏北,离开时,把二胡摔了个粉碎。

曹家派了几个能说会道的去上海,请回了晶晶。

晶晶被安排在镇上造纸厂,每天早出晚归。我仍然喊她晶晶老师。晶晶从自行车上跨下来,问:"现在学习可好?"

我说:"好。"

晶晶说:"好好念好好写,你的作文是最棒的。"那时,我已经念中学。

中学没念完,晶晶落实政策回上海,曹老二想送送晶晶,晶晶不让送。桥洞事件后,晶晶拒绝与曹老二同房,晶晶说你曹老二太阴损,把我踢废了,你曹家的种子不会在我身上开花结果了。

晶晶考上复旦大学中文系那会,曹老二特地送过去一笔钱,说是给晶晶的生活费。晶晶会要吗?晶晶才不要呢。但是,晶晶带曹老二下了馆子,是城隍庙附近的高级馆子,敬了曹老二几杯酒,完了,把曹老二送进了旅馆。

想来,这是曹老二与晶晶的最后一聚。

没多时,曹老二去世,肝病,肝腹水。晶晶没去送。不过,从那往后,晶晶每年汇一笔钱去苏北,直至曹家二老相继离世。

忘了说,晶晶那年回上海,把一提包书留给了我,这些书,大部分是经典名著。若干年前,我发表的第一篇小说就是晶晶给编辑的。晶晶在某杂志社工作,后任丈夫是大学教授,他们收养了一个来自汶川地震灾区的女儿。

说来也是件怪事,这女儿像极了晶晶,越看越像。

女老板

我的上司是个女老板。

女老板叫阿宁。

阿宁说:"我努力赚钱,是为了一个男人。"

阿宁说这话时,年已不惑。年已不惑的阿宁仍然单身。

我记得阿宁说这话时的场景。

当时,我坐在阿宁对面,商量如何应对即将到来的重要客户。

阿宁的妈妈突然来了。用阿宁的话说"您为何撞进来"?阿宁妈妈看看我,似有某种顾虑。阿宁说:"没关系,秘书。"

阿宁妈妈说:"好好好,秘书丫头你也替我劝劝阿宁,眼看又长一岁,仍不找对象。前几天阿宁阿姨介绍了一个,电视台的,家境……"未等妈妈说完,阿宁"呼"地站起来:"好了好了,别说了!"阿宁妈妈扭了扭屁股,把身子坐正:"总该回人家一声吧,见或不见?"阿宁把手中的笔记本重重一搁:"我早说过了,我的事不用你们操心!"

阿宁妈妈使劲揪住自己衣领,嘟囔道:"阿弥陀佛……阿门……我怎么养了你这个冤孽呢?阿弥陀佛……阿……阿……"阿宁妈妈脸色越来越苍白,朝一旁歪去。阿宁扑过去,从妈妈口袋里掏出"救心丸",我连忙递过水杯……等妈妈缓过气来,阿宁示意我把妈妈扶进里间沙发,这沙发是阿宁的临时床铺。也难怪阿宁妈妈拜了菩萨又信上帝,阿宁为示反抗,动不动在这过夜,动不动十天半月不回家一次。

我过来应聘秘书职位时,朋友就奉劝过,老板是个女老板,而且是个老丫头。我们这,女子到了一定年纪不嫁人,就被称作"老丫头"。朋友说凡是老丫头脾气都古怪,与众不同。我也听说了,我是女老板的第六任秘书。

我自以为有准备,但仍被气哭了几次。

有一次起草文稿,比规定时间迟了一分钟,只一分钟啊,女老板就用手中的圆珠笔敲打着无辜的笔记本:"下不为例,否则走人!"

工作不好找啊,否则的话……我想女老板也是人啊,凡是人,特别是女人,总有柔软的一面吧。我揣摩着,终于揣摩出了女老板相对另类的爱好,特意去文庙古玩市场淘得一幅宋代米芾《木兰诗》的拓片,近代之作,女老板不嫌,视若珍宝,破天荒请我吃了顿海鲜大餐,完了拐入汗蒸馆。从汗蒸馆出来时,我俩勾肩搭背俨然姐妹,我说:"谢谢亲爱的女老板,明天见!"女老板挥挥手:"叫我阿宁!以后叫我阿宁!"

那天,送妈妈走后,阿宁让我重新坐到她对面,叹着气说:"我努力赚钱,是为了一个男人。"

这才是阿宁最软的软肋呢。

阿宁说:"你知道我名字的来历吗？我出生在南京,在爸爸部队大院长大。那个男人,不,当时是个男孩,也在部队大院,我们同校,他比我高两级。我们几乎没说过什么话,'盈盈一水间,脉脉不得语'那种。高考结束,他落榜,他们家决定让他回老家大西北复读,那边录取分数低。离开那刻,他故意停下步子,目如闪电。后来,那道闪电经常出现在我梦里。"

"你们就没有联系过？"

"没有。"

"他去大西北不久,他们家和我们家相继离开了部队大院。这么多年来我不是没处过男朋友,是无法相处,那道闪电,有时远在天际,有时近在咫尺。一天夜里,我又一次被闪电惊醒,无奈之下打开电脑,祈求万能的百度。未想,搜到了许许多多关于他的图文,原来,他已经成为他们那座城市著名的内科医生。从那天开始,我产生了奇怪的想法,我不可能成名成家,但我可以挣钱,然后做好事,做慈善,做得像他一样出色,说不定哪天,他也像我一样,上网搜我。"

"我说你就没有去大西北看看他的想法？"

我看见阿宁的眼眸里划过一道闪电。

我说:"去吧,女人,青春说逝就逝。"

阿宁选择了火车,阿宁说要走当年男孩走过的路。很快,阿宁来了电话,说他出去进修了,要等数月才能回来。阿宁没有急着打转,阿宁游遍了那座城市的角角落落。阿宁说似乎感受到了他的气息。

阿宁第二次去大西北,是来年秋季,阿宁又一次把自己打扮成病人,戴了口罩、眼镜。阿宁说即使不戴这些,他也认不出我

来,肯定认不出来。

"闪电了吗?"我急着问。

阿宁说:"闪了。差点把我闪晕过去!"

我一拍巴掌:"OK!"

阿宁嘴一撇:"切,近视不说了,那脑袋,像几十千瓦的电灯泡!"后来,阿宁与我介绍的男人见了面,进展非常顺利,不出意外的话,今年"十一"结婚。

银花与金花

鞋业公司正在招工,老板问银花:"能做什么?"

银花说:"做缝纫工。"银花听老乡说那叫金花的是个缝纫工。

老板说:"打一只鞋垫子试试。"

银花说:"不会。但是我能学会。"

老板说:"这里不是培训班。做手工吧,钉扣机坏了,你钉纽扣,钉一颗一毛钱,手脚快的话一天也能挣好几十。"

银花出来时,把婆婆托付给了邻居,银花谎称带自己长大的姨姨生了重病,去侍候一段时间。

银花老公一直在这座城市挣钱,家里许多男人在这座城市挣钱,也有许多女人跟了出来,银花也想跟的,丢不下年老力衰的婆婆。开始时,老公替别人跑货车,后来替别人开出租车,专门出夜车。最近两年,老公回来的次数越来越少,农忙不回来,婆婆生病不回来，直至今年春节，老公说过年出租车吃香，准备留下。银花捧着老公寄回来的八千元钱，到处替老公打圆场。老乡实在看不过去，偷偷告诉银花，老公在那边处了相好。曾有一段时间，老公夜里开车，白天在一家鞋业公司打零工，与一个叫金花的女人搭上了，据说是金花主动的，金花先请老公吃了一顿鸡煲。老公拿不准，问老乡怎么办？老乡开玩笑说，送上门的，不要白不要。老公便动了心思，又舍不得花钱找地方，躲在鞋业公司仓库角落里，一次被老板堵住，老板说："兔子还知道不吃窝边草，我没动手你倒熬不住了。"老公脸皮薄，不去鞋业公司了。约会却成了问题，金花住合租房，早晚人多，只有趁金花中午一小时吃饭时间。金花扒了口饭，上气不接下气往出租房赶，完事后上气不接下气往鞋业公司冲。越是这样，两人越觉得意犹未尽。老乡看苗头不对，还劝过老公，适可而止，见好就收。

　　才钉了一天，银花的手指起了好几个泡，这些泡泡被针尖扎了，就有血珠冒出来。银花用嘴吮的当口，那个叫金花的女人走了过来。

　　金花比银花年轻些，个头高一些，结实些，丰满些，如果皮肤不糙的话算得上好看。

　　银花观察了，金花活泼开朗，手上在动，嘴巴一刻不消停，车间里时不时爆出她的笑声。

　　金花说："咋弄的，要不要创可贴？"金花从袋子里掏出几片创可贴。

　　银花说："谢谢！"银花尽量把普通话说标准。银花没告诉老板自己是山东人，银花说是从四川过来的。

　　金花说："钉纽扣钱少，你想做缝工的话我教你。"

　　银花尽量做出可怜巴巴的样子，说："别教，没心思学，等找到了老公再说。"

金花说:"找老公？你老公怎么啦？去了哪？"

银花的眼泪似要下来,说:"不怕你妹子笑话,老公在这里的小饭馆打杂,一年没回家了,也没音讯,寻过来,小饭馆关了门,传说跟老板娘去了别处。我只有临时找个工作,慢慢寻,等寻着了人再说,倒是苦了家里的老人孩子。"

金花说:"你老公咋回事？"

银花说:"老公好的,是个老实人,被人家勾引的。"

金花的脸皮有些红有些烫,说:"这世道害人,你老公以前对你可好？"

银花说:"好着呢,我俩是青梅竹马,小时候我被别人欺负了,他替我报仇,眼睛差点被打瞎。我坐月子那会儿,他喂我吃饭,抱我上厕所。要不为了侍候他老娘,我早跟他出来了。"

金花说:"姐呀,咱俩是同命呢,我男人也是的,早些年去深圳,去了去了就难得看见影儿了。不过,姐呀,你人好,你老公一时糊涂,他会回到你身边的。"

金花躲到仓库角落,给银花老公打了一个电话,说:"你老婆来了,寻到鞋业公司来了。"

银花老公正在睡梦中,朦朦胧胧说:"不可能,老婆在家里侍候我老娘呢。"

金花说:"她说是四川人,但我听她口音与你一样,你可别忘了,我老家也是山东的。"

银花老公说:"山东人多呢,别多心。"

金花说:"你说过的,你老婆眉心有颗痣,而且是红砂痣。你说长这种痣的女人,世上有几个？我是头一回见。"

银花老公睡意顿消,身子一下挺得笔直,眼睛瞪得像铜铃,

问金花怎么办?

金花说:"你先打她电话,就说你们老乡看见她出来了,然后把她接过去。至于我,以后别联系了。我先回一趟老家看看孩子,然后去深圳找他去。"

银花老公说:"你能找到他?"

金花说:"你老婆不也找到你了吗?"

第二辑 英儿

初 恋

盼啊盼啊,身着绿风衣的玉米终于招摇过我们头顶,婀娜的腰间吐露出毛茸茸的缨须,那红红的缨须不辜负我们似的,日长夜长,长成了我脑袋后面小辫子的样子。

那会儿,刚好暑假。

春上的一场大冰雹,把麦苗儿打烂了,把大人们的心打慌了。一天三顿照得见人影子的麦粥,不够一泡接一泡撒出去的尿尿。大家自然都明白,玉米是生产队的,公家东西不能碰,三大纪律八项注意歌怎么唱来着?老师怎么教导来着?家长怎么叮嘱来着?但是,肚皮在抗议,肚皮说饿了,饿了!肚皮又在提醒,玉米熟了,熟了!偏偏飞飞说:"煮玉米好吃啊,香!黏!"毛毛可怜兮兮的,跟着说:"煮玉米好吃啊,好香!好黏!"毛毛家里兄弟姐妹最多,毛毛被欺得像大树底下一蓬小草,而且是秋天的小草。

飞飞看不起孱弱的小毛,时不时捉弄他一番,一会儿吆喝上树采桑葚,一会儿吆喝下河捉螺蛳。害得毛毛身上的花裤衩没一条周周正正、干干净净。

听毛毛学自己的舌,飞飞更加理直气壮:"想吃啊,走,去你家,你不天天烧开水吗,正好,带煮玉米。"飞飞总说自己家柴火紧,上次偷吃青蚕头,也放在毛毛家,毛毛还抓了一把盐出来,被毛毛哥哥发现了,甩手就是个耳刮子。

飞飞看了我一眼。

我知道飞飞在讨好我。但是我讨厌他不拿毛毛当回事。

说起来,毛毛家就剩毛毛在"吃白食",但是哥哥姐姐们不放过放暑假的毛毛,一天一大锅开水,烧好,凉透,雷打不动。

毛毛脸涨得通红。

飞飞愈加得意,又看了我一眼,挥舞着两条胳膊说:"赶快行动,趁大人们去了河南边的棉花地。"

毛毛家后面是条宅沟,宅沟后面是一望无际的玉米地。

飞飞叫毛毛绕到宅沟后面去掰玉米,不仅掰,还要像扔手榴弹样扔过来。毛毛噘着嘴巴撅着屁股走了,走之前,又可怜兮兮地看了我一眼。我想帮毛毛,但是我更喜欢吃玉米棒。

飞飞嬉皮着脸靠近我:"文娟你去大门口放哨吧。"

这死飞飞,有一次竟说:"我将来要娶文娟做老婆。"在生产队打场说的,把大人们笑得要死。想想这些大人也个个流氓,还追问飞飞为什么要娶文娟?飞飞想都没想说:"文娟的眼睛漂亮!文娟的小辫子漂亮!"

恐怕是毛毛的肚子瘪了,不得力,"手榴弹"一颗颗跌进了宅沟里。飞飞急得暴跳如雷,寻了根毛竹梢子捞啊捞的。飞飞又吵我:"文娟先别放哨了,过来帮忙。"

看见我跑过去,飞飞又讨好似的朝我笑了笑。

我说:"你自己为什么不去掰玉米?"

飞飞好像不高兴了,问我是不是喜欢毛毛?

我说:"你们俩我都不喜欢!"我一扭身进屋了,帮毛毛往锅子里舀水。

飞飞扔掉毛竹梢子,冲进屋里说:"我算看透了,你喜欢毛毛!"

我大声说:"我一个都不喜欢,我喜欢玉米棒!听见了吗,我喜欢玉米棒!"

待毛毛在灶门口坐下,太阳弯到西边去了。

飞飞说:"快点快点,用芭蕉扇扇。"

毛毛把麦桔梗一团接一团往灶膛里塞,一塞一熄,熄了再扇,扇了再塞……搞得灰头黑脸,汗水像一条条蚯蚓,爬满搓衣板一样的胸脊。

飞飞大概看不过去了,朝毛毛说:"赏你多吃颗玉米。"又说:"其实也没什么,你家反正要烧开水的,煮玉米的水肯定比白开水好喝。"

就在这时,不知谁在大门口喊救命啊,有人掉河里了!

飞飞顾不上招呼我了,一转身箭一样朝大门外射去。

毛毛束手无策的样子问:"怎么办?我怎么办?"

我一边追赶飞飞一边说:"救人要紧。"

等我追到河边,飞飞已经跳进水里。有人在岸上指使着,这儿……那儿……飞飞就像条大鲤鱼,游到这儿游到那儿。

飞飞跟我吹过,说能在水下"闷"一个小时,没有谁是他对手。

飞飞在水里忽上忽下小半小时了,仍没找到落水者一根毛。

毛毛眨巴着小眼睛说:"要不骗人的。"

我举目四顾,那个指使者不知什么时候溜走了。我喊飞飞快上来,我们上当了!

经过这番折腾,我们饿得就剩前胸、后背两层皮。

飞飞说:"快跑,大人们要回来了。"

毛毛拖着哭腔说:"本来再烧一锅开水的,现在来不及了。"

飞飞惊呆了,我惊呆了,毛毛惊呆了,锅里哪有玉米棒影子,只剩一把玉米粒。

毛毛被他哥哥揍了一顿,狠狠地。毛毛的哭声在鸡不鸣狗不叫的夜空中飘荡得非常悠长非常哀怨。那晚,我忽然产生了成年人的想法:将来,我要嫁给毛毛。毛毛太可怜了!

等 待

她出现在他视线里。

之前,他等待了三十分钟,抽光了一包烟。

电瓶车上的她,栗色长发,鹅黄色连衣裙。飘逸、轻盈,蝴蝶般迎面飞来。

他咬紧牙帮,苍白的手指颤抖着伸向烟盒……他似乎抓住了她柔软无骨的手掌,揉捏……再揉捏……

她没有朝他飞来,怎会朝他飞来呢?假设她知道他在这里等待,也不会飞过来了。

一个月前,他一次次问她:"为什么?为什么?"

她说:"父母觉得我们不合适。"

"你是不是也跟家里一样,嫌我只是个出租车司机?"

她沉默,长久的沉默。

她放慢车速,右脚踮地,与门卫打了声招呼,门卫不知说了什么,还奉承地笑了笑。她头一扬,长发一甩,拐向医院深处。

她是这所医院的实习医生。

去年的今天,她来报到。她千挑万选穿了身端庄的职业装,下楼后发现紧裹臀部的一步裙,不合适骑车。

她决定打的。

她家在城南,医院在城西,其间穿越大半个城。高峰期,蝗灾般的车辆会把速度逼成蜗牛。

她等待了十分钟,过来一辆空车。她不觉得慢,她太兴奋了,同学们都祝贺她一毕业就有了工作,赫赫有名的三甲医院,外科。她扳着指头不停回复,只说自己运气好。事实是当局长的舅舅动用了苦心经营一辈子的人脉。

他刚刚打上"空车",就看见她在招手。

他眼前一亮,这招手的女孩,像一株亭亭玉立的小白杨。

他殷勤地打开车门。

"去哪?"

"××医院。"

"上班?"

"报到。"她笑了起来,两颊漩起一个深一个浅的酒窝。

"哇,不简单!"

她俏皮地一歪头。在她看来,出租车司机多少带点老气,眼前的他,年轻,年轻得不像个司机。

"我在电信公司做了两年,没做头,暂时没合适的工作。父母在老家农村,帮不上我什么。你是N大学医学院毕业的吧?"

"你怎么知道?"她头又一歪。

"猜的。第一,你是本地人;第二嘛……我也是N大学毕业的,理工学院。你觉得我们那老校长搞笑不搞笑?开学典礼上满口孔夫子式的之乎者也,什么知之为知之,不知为不知,是知也……"

她接口道:"敏而好学,不耻下问;学而不思则罔,思而不学者殆……"

"哈哈哈……"两人忍俊不禁,放声大笑。

下车前,他与她互加了对方的微信。他说,以后打车,随叫随到。

不等她叫,他就约她吃饭、看电影。等她主动叫他时,两人俨然一对情侣。一次,他载她去江边玩,他们沿着江堤走啊走啊,她说:"一直走下去多好啊!从小到大,为了念书,我从未出过远门,很想去一趟远方。"

他说:"你不知道的地方都是远方,想去哪,我带你去。"

他们选择"十一"长假去九寨沟。她妈妈问:"与谁一道?"她说:"回来告诉你。"回来后,她没告诉妈妈,妈妈趁她洗澡之机偷看了她的手机。妈妈问:"与你勾肩搭背的是谁?"她说:"普通朋友,出租车司机。"妈妈开始喋喋不休,并不是嫌出租车司机地位低下,而是怕那种家庭出身的男孩,视野狭隘,两人成长环境过于悬殊,价值观就会有差异,矛盾早晚爆发。过了几天,舅舅来了,舅舅说手下副局的儿子,也是学医的,留学刚回来,这种男孩,才是归宿。舅舅刚走,姨妈来了,姨妈说他们楼里有个小伙子,供电局工作,三套大房子,一表人才。随着家庭的阻挠,两人之间开始出现龃龉、猜疑、争执、眼泪,渐渐地,她开始动摇。

她没有发现而已,这半个月来,他每天赶在她八点上班之前,守在医院大门北侧。

他自己也说不清为什么要在这里等待。想她?看看她?随着时间推移,越来越深的绝望让一个朦胧的念头像退潮后海滩上的礁石,突兀出来。

就在刚刚,当他把苍白的手指伸向烟盒之际,念头已经明确,他下定决心般把揉捏成团的烟盒向车窗外抛去。

她下班了。

等待了一整天的他,缓缓跟上她的电瓶车。前方绿灯。他一咬牙，车子窜了出去——就在这一刹那，一个前进中的流浪汉突然倒地，急刹车声、诅咒声响成一片，人们奔忙的脚步只被阻滞了一瞬，就潮涌般围拢上去。

他在心里咒骂了一声，盯着蝴蝶般的黄色身影翩然隐没在围观的人群之中，气急败坏地跳下车。

她跪在倒地的流浪汉身旁，正用双手按压他的胸部。流浪汉没有任何反应。她洁白细密的牙齿咬住了下唇，一两秒的迟疑后，轻柔的身子俯了下去，嘴唇覆在了流浪汉龌龊的口唇之上。他心跳加速，脸色随之涨成猪肝色，围观的人群突然安静了，纷纷拿出手机。她不知道，她的举动已上了网络。终于，流浪汉的嗓子"咕噜"了一声，腿抽搐起来。她抬起头，抹了一把额头的汗珠，对接到报警后赶过来的医护人员说着什么。

他的脸色又变得苍白，慢慢退出了人群。

上车前，他望着不远处的医院大楼，心想，以后还要不要跑到这儿等待了？

英　儿

眼见天黑，目的地尚不知在何处，心越发慌张，我问英儿："还有多远？"

那时我与英儿同在一家工厂实习，拿到平生第一次工资——三十元。不多，却让我俩激动了好一阵子，冷静后又讨论了一个星期，最后决定去江南 S 市玩。

玩了三天，我口袋里剩十元，英儿剩八元。英儿比我多花掉两元，她买了一条丝巾，那丝巾款式像红领巾，我不喜欢。英儿拿着就往脖子上扎，还掏出随身带的小圆镜一照再照，边照边问："好看吗？好看吗？"我不以为然："怎么忽然要漂亮了？"

按计划，该返回 N 市了，英儿却提到了 W 市，英儿说："W 市其实并不比 S 市差，我们应该去看一看。"

我说："听你口吻好像去过的样子。"

英儿笑。

从 S 市去 W 市，车票三元五角。从 W 市回 N 市，车票四元。也就是说，若真的去 W 市，我身上可用余额两元五角，英儿身上剩五角。

英儿说从现在开始不花一分钱。她老家有个邻居，叫小周。W 市警察学校毕业后直接分配在 W 市机械厂，那里面有招待所，住宿不要钱。

将近八点，总算抵达目的地。

当一身警察服的小周气喘吁吁出现在传达室时，嘴巴张得像饭盆；当他听说我们是从长途车站徒步而来时，眼睛瞪得像铜钱，惊呼道："知道你们走了多远吗？长途车站在这座城市西北，这里是东南，属于郊区了。为什么不坐公交呢？"

英儿朝我眨眨眼："找不到公交站牌。"

到了招待所，我才看清楚小周的长相：与我们一般年纪，顶多大个两三岁。身着制服的缘故吧，显得特别英俊挺拔。

小周笑着看看我，转过头对英儿说："介绍介绍吧。"

英儿说："一起实习的同事，名叫青儿。"

"青儿。这名字好听！"小周频频点头，又问，"你们没吃晚饭吧？"

英儿又朝我挤挤眼睛:"光想着赶路,忘了肚子饿。"

小周说:"你们稍等,我去食堂看看。"

小周出门当口,饥肠辘辘、疲惫不堪的我已经歪倒在铺上了。英儿呢,一边哼着歌儿一边颠来倒去弄那条丝巾,一会儿这样,一会儿那样。我说英儿你不累吗?英儿说累什么呀?

迷迷糊糊间,小周回来了。他轻手轻脚地把一只特大号搪瓷茶缸和一个空碗放在桌上。

英儿揭开盖子,瞬间,一股香味冲鼻而来。我咽着口水睁开眼睛,凑过去——满满一茶缸葱油面!

小周似乎有点歉意:"只找到了一把挂面,将就吧。"

我说:"挺好。"

我与英儿你一口我一口,狼吞虎咽,风卷残云。小周说:"你们肯定饿坏了,味道怎样啊?"

我说:"好吃!香!这种味道第一次吃到!"

小周说:"是这里做工的服刑人员教我这么煮的。这些家伙,个个有手绝活,不犯罪的话绝对人才。"

小周见我要去洗那个空茶缸,一把抢了过去:"你们累了,早点休息吧。"

小周说:"明天准备去哪玩?要不要我带着?"

英儿不说话,看着我。这回,轮到我朝她使眼神了,我嘴上说不用,明天就回去。心里想英儿你口袋里还剩几个钱呀。

第二天一大早,小周把我们领到他的宿舍。这回,轮到我吃惊了:室内,铺天盖地的书法作品,地上、桌上、床上、墙上、椅子上……小周搓着双手说:"业余时间创作的。"英儿指指我说:"青儿也有这爱好,起早贪黑,宿舍里也如你一样,摆满了书法作品。"

因为同样的爱好,我对小周有了格外的好感。

回到 N 市一个月,我终于熬不住给 W 市寄了一封信,大意是感谢小周的热情招待。几天后,小周回信,我迫不及待拆开,里面叠了三幅书法作品,附带希望我指正之类的客气话。我当夜创作,准备第二天回赠。

第二天早上,英儿跑过来等我一起去上班,看见了小周寄来的信及作品,脸色大变:"别惹他,人家有女朋友。还是青梅竹马呢!"

我红着脸说:"我没惹他呀,我只是不忘人家的一茶缸葱油面而已。"英儿舌头一伸说:"不就是面条嘛,在意什么?我也会煮。"

英儿还真煮了几次,但是不好吃,味道相差十万八千里。

一次吃面条时,我趁机问:"W 市的那个邻居有消息吗?"

英儿说:"瞧你瞧你瞧你,又在想他了,人家已经调回老家了。可能要结婚了。"

我怎能告诉英儿呢,就在昨天,小周偷偷来 N 市看我,临别还给我留下一首很伤感的诗。

这以后不久,英儿放着好端端的工作不做了,申请辞职,准备回老家。

我把她送到车站,挥别时说:"经常写信联系啊!"

英儿说:"当然!"

这年年底,英儿给我寄来一封信,打开,是英儿的结婚照,英儿搂着的,就是那个英俊挺拔的小周。

信的末尾,英儿还写道:其实,那次小周背着我,偷偷到 N 市来看你,我是知道的,因此,我决定辞职,回老家。

当时看完信,我哭了,微风里流的是悲喜交加的泪。

对面的女孩走过来

七点三十五分。

再过十分钟,肩膀上斜挂小坤包的女孩会准时走过来,从马路对面。

不用猜测,女孩肯定像往常一样,捧着白色的手机,要么来来回回地揿,要么窃窃私语地聊。

女孩一直在笑,浅浅的,甜甜的。

有风的日子,女孩的秀发飘呀飘呀,恣意遮掩了她的半张脸。女孩甩了甩头,轻轻抬起一只手,轻轻地拢了拢,拢的当口,头微微偏了偏,就这么一拢一偏,令他着迷。他希望天天有风,他更希望女孩过来时正好"吃"红灯,那样,他可以隔着马路多欣赏她几十秒。

女孩从斑马线那头走过来时,袅袅婷婷,似春风中的杨柳。他的心无端端地跳起来;他的脸无端端地红起来。当女孩穿过斑马线的四分之三,能看清楚她挺直的鼻梁时,他却故意背过身去。每天如此,他恨自己,咬牙切齿地恨:为什么呢?为什么没有面对她、直视她的勇气呢?

女孩与他擦肩而过的几秒间,他闻到了一股淡淡幽幽的清香。茉莉花?薰衣草?洗发水?香水?

他专门去了商场,在化妆品柜台间转来转去,他确信,任何一款味道,都不及女孩身上那股幽香。

女孩去的方向,是本市最有名气的医院。

女孩应该是医生吧,起码是名见习医生。他想。

七点四十四分。马路对面,仍没女孩的影子。他开始焦躁不安。

昨天下班,他特意走进"第一剪"美发室,又去品牌商店买了一双"匡威"板鞋。

他很想把"辅警"的帽子摘掉,把"辅警"的外套也脱掉。管它呢,反正今天最后一岗。

他掏出面巾纸,擦了擦眼睑、嘴角。他觉得今天的脸没洗干净,特别那眼睛,似乎有眼屎。昨晚没睡实,做了一夜的梦,梦中,对面的女孩走过来……走过来……白皙的手指,绢丝般的长发,一次次、一次次撩着了他的脸颊。

他下定决心,今天,不但要面对女孩,而且还要把喜讯告诉女孩。

是她吗?

是。不会错的。在这路口站了大半年,无论女孩换什么款式的衣服,他都能一眼就把她从人群中揪出来。但是现在,女孩的身旁"长"出了一个男孩。你看,仅仅数十秒等红灯的时间,男孩的手也不安稳,一会儿搂搂女孩的肩膀;一会儿捋捋女孩的头发,还有……还有男孩的那张脸,那鼻尖尖,几乎贴着了女孩的脸。

他的心先是"咯噔"了一下,然后一点点一点点往下沉。他僵硬地背过身去,一股酸涩的液体在眼与鼻之间回旋。

他感觉到女孩男孩正向自己靠近,擦肩而过的瞬间,只听女孩在说:"你看这帅哥的板鞋与你的一样哦,一个牌子吧,我眼光不错哦。"

女孩的背影渐行渐远,一拐弯,就将消失。

本来,他要告诉女孩:昨天,他通过了公务员考试。

谎　言

老婆说:"看把你激动的,不就是个同学聚会!"

我说:"老婆,我是激动,三十年了哇,不知他们成啥样了?"

老婆说:"看见初恋别忘抱一抱,以后恐怕没机会了。"

我趁势贴近老婆抱了一把说:"我没有初恋,即使有也早被你的光辉形象笼罩了。"

我知道这是谎言,但这世界需要谎言,就像此刻,谎言更能体现爱心。

先拐高架后上高速,三小时车程,我一直在编一个故事,这是今天聚会的主题。组织者王董说了,一切由我来承当,你们只需讲故事,一人一个。

王董,姓王名董,念书时期的一个"懵懂",三十年后名副其实的"王董"。鲜食超市像蜘蛛网辐射数百里,相对应的蔬果种植基地覆盖大半个乡,其声名,比念书时期课本上的"周扒皮"还响亮。哪像我,虽考上大学风光无限地离开了家乡,但至少目前看来,抵不过王董身上一根毛。

七想八想故事没编出头绪,家乡县城最气派的酒店撞入眼帘。我抬头看看欲刺苍穹的楼体,决定不乘电梯踏步楼梯,憋了三小时,活动活动筋骨要紧。

九楼"雅居阁"到了。

接下来的情景,不说你也明白:就好比沸腾的油锅泼进一瓢水。

王董穿过人群冲上来一把搂住我,一边用八戒式的肚皮拱着我一边大声问:"齐了吗?"负责签到的同学大声回:"已经到了四十个,就差班长秋天了。"哦,她还没来,怪不得……我小有失落,很快又充满希望。但是不对呀,应该是四十五个。

王董说:"不错,是四十五个,其中两个移民美利坚两个去了上帝那。至于秋天,十多年前随夫去了江南。当时接我电话的自称是她爱人,答应来的。再等等吧,反正今晚一个也别想回,一层楼面的房间我全包下了。"

老实说,这种场合无所谓等不等,大家交头接耳掏心掏肺,要说的话似乎三天三夜也说不完。

半个钟点后,一个脊背微佝,面目沧桑,头发花白的男人现身签到处。

他首先抱拳深深一鞠躬,说是遇着过江大桥堵车,迟到了。接着自我介绍说是秋天的爱人老罗。说着说着为了证明什么似的,从随身提包里拿出一本影集向大家展示。

果然是秋天,秋天的初中毕业照,秋天的高中毕业照,虽然黑白底色已被岁月洇染,但秋天的笑容依旧像那时秋天的河水——干净、清澈、透明。

全场鸦雀无声。我相信,这一刻,他们与我一样,措手不及间,与年少的自己撞了个满怀。而且,与我一样,身不由己地滑进了时光隧道。

老罗一页一页地翻着,我看见了青年时代的秋天,青年秋天的两根辫子消失了,烫了头发,恐怕是刚刚做完头发兴致高,笑

容夸张得像头顶上的发卷。接着是怀抱孩子的秋天,母亲秋天胖了些,眉眼里多了些慈爱。然后是几张风景背景的全家福,但无论从哪个角度看,全家福里的男人与眼前这男人肯定不是一个人。

人至中年的秋天,只有一张照片。中年秋天的眉梢处,爬满了螺旋状的皱纹,牵强附会的笑容里,看不出一丝一毫的欢喜。秋天的笑容我熟悉不过,哪怕到她白发老妪那一天。

最后一张,才是秋天与这老罗的合影:天安门广场,人民英雄纪念碑前,两人肩膀挨着肩膀,老罗的一条胳膊搭着秋天的肩头,秋天看起来很高兴,高兴的同时略含羞涩。右下角时间显示为二〇一〇年十月。老罗边用粗糙的手指抚摸照片边说:"秋天说她最大的梦想是去北京。"

我恍惚记起,秋天一手捻着胸前的辫梢梢,一手指着语文书上的人民英雄纪念碑与我说过同样的话。后来眼看高考时,秋天又一次无限憧憬地对我说:"我们一起到北京上大学该多好啊!"

老罗说:"看完照片大家该明白了,我是秋天的第二任丈夫。你们一定在猜秋天今天为什么没来?"老罗顿了顿,神色凝重地说:"告诉各位,昨天是秋天的'二七'。也就是说,秋天是接到聚会通知两星期后辞世的,与她前夫一样,肝癌。秋天要面子,自尊心特别强,硬是不肯我走漏一点风声,不让我拍摄最后一张照片。她只有一个愿望,让我带个故事来,讲给大家听。"

我有预感,老罗的故事,可能与我有关。

老罗说:"秋天应该上大学的,高考那天却突然失踪,尽管事后你们知道她患了急性阑尾炎,但,这是谎言,真正的原因是她贪吃红烧肉吃坏了肚子!"

我想起来了,高考前一天,学校为犒劳考生,免费供应红烧肉,秋天捧着饭盒乐呵呵地说:"长这么大,第一次吃到这么多肉!"

"秋天上吐下泻,躺了一星期医院。从此不能见肉,看见就吐。"说到这,老罗一脸心痛的表情。

"另外,秋天与我说,她有个小学至高中的同学,本来,两人相约一起去北京念大学的。后来,这个同学到她家里找过她几次,她都躲起来了,却让家人谎称她与未婚夫看电影去了。"

同学们的目光,又一次投向我。

我抓起一瓶"五粮液"向老罗走去,自说自话一口气灌下三杯,后来,又灌了几杯我记不得了……醒来,已是第二天下午。

王董说:"终于醒了。没想到你昨天这么激动。"

我说:"老罗呢?他有没有醉?"

王董说:"他没醉,昨晚就走了。你别忙走,到我总部溜一圈。"

我说:"溜一圈就溜一圈,不过,晚饭前一定要赶回去。"

我俩刚出酒店大门,一通来电把王董弄成了"懵懂",王董直愣愣地看着我:"怎么回事?刚刚有人看见秋天了,在过江大桥上,与老罗肩并肩坐在客车里……"

阴　差

十多年后,妈妈真的回来了,以一纸信笺的方式。妈妈要小云带弟弟离开云南。妈妈还汇来了车钱。妈妈没提及奶奶。

奶奶一直恨妈妈,恨进了骨头,奶奶临终仍在嘱咐:哪天那骚女人寻回来,别认她,千万别认!

妈妈什么样了?两根又黑又亮的辫子还在吗?二十一岁的小云,从未如此兴奋,如此期待。

临上路,爷爷找来小云的堂叔。爷爷对堂叔说:"咱就这根独苗,难不成也'拖油瓶'过去?不行。不如让你带走。"

来接站的妈妈蓬头散发,面容枯槁,头顶像覆了一层厚厚的霜。一时间,小云竟不敢相认,记忆里那个年轻的丰满的甩着两根长辫子的妈妈哪去了?

妈妈也在打量着小云,问弟弟呢?爷爷好吗?爷爷舍得你们出来吗?

小云没把爷爷与堂叔的对话说出来,只说爷爷要我别惦记,只说弟弟暂时随堂叔去了大西北。妈妈热切切的眼眸一点点黯淡下去,她指着旁边一个倾斜着身子的老头说:"叫伯伯。"

与信上说的一样,开理发店的伯伯是个跛脚。

刚到家,就来了顾客,妈妈说了声"赶上了",急匆匆跑了过去。

小云跟着。

理发店就在附近的十字路口。

小云说:"妈你学会了理发,伯伯干啥呢?"

妈妈说:"伯伯看理发店生意不好,动手张罗了赌场。赌客都是留守的妇女及老人,本就抽不了几个头钱,逢'三缺一'还得把自己搭进去,手气不好时输钱比抽头多。"

难怪,这家家户户楼房,唯伯伯与妈妈仍住平房。

妈妈拎起小云的辫子说剪个碎发吧,碎发洋气。

小云说:"记得妈妈也有两根辫子呢,一根是爸爸的枕头,一根是我的枕头。有了弟弟后,妈妈把两根辫子全给了弟弟。爸爸不服气,经常与弟弟抢呢。"

妈妈停下剪子:"你还记得?"

"记得。还梦了多少回,梦一回哭一回。"

"爸的坟头,去不?"

"去,一年好几回呢。"

"妈,为什么……"小云吞吞吐吐的。

妈妈知道小云想要说什么。

妈妈欲言又止。

当年,妈妈没想跑这么远,妈妈也没钱跑这么远,妈妈的目的地是昆明,哪怕讨饭也比鸟不拉屎的山坳坳强。妈妈想等自己立稳脚跟,马上去接姐弟俩。谁料还没来得及踏上昆明街头,就被一个自称相面的男人缠上了。男人说看不准不要钱。妈妈说看准也没钱给,一个穷要饭的。男人说乞丐也分三六九等,你这命一定要经历三个男人才能安生。你命硬心肠好,出来了仍牵挂着家人。

妈妈鼻子一酸,步子越来越缓慢。把孩子爸如何遭雷击身亡的变故说了;把家中难以为继的窘态说了;把自己的想法说了。男人说从你面相来看只有向东走或向北走,哪天走不通了,落脚点就到了。

见妈妈半信半疑,男人说你肚子饿的话先去吃点饭食,我请客。男人指指火车站附近的小饭店。

一天一夜没舍得喝口水的妈妈,不由自主坐了进去。

半小时后,从小饭店出来的妈妈,晕晕乎乎坐上了东去的列车。

沿途,男人又以看相的方式搭讪了几个女人,其中一个还随

他们从湖南跑到湖北,跑呀跑呀在一个小站跑丢了。

走走停停,停停走走,一个月后,男人终于说走不通了,再往前就要撞到海里去了。男人找了个小旅馆,说有亲戚在附近,你待着别动,我去去就来。

直到第二天下午,男人仍然无影无踪,天黑时,来了个两条腿长短不一的跛脚,跛脚对饿得差不多东倒西歪的妈妈说你不想死的话就跟我走人。妈妈说为什么跟你走?跛脚说我差不多花了一万呢,你是我的人了。

这些沉睡的往事,妈妈不敢再去惊扰。

"好歹伯伯脸皮黑但心眼不坏,十多年来从未高声大气过一回。"妈妈像是对自个儿说又像是对着小云说。

一对刚上一年级的双胞胎闹闹腾腾回来了,进门就要什么什么同学都有的玩具。

妈妈指着小云说:"这是你们的姐姐,快过来喊。等姐姐赚了钱,给你们头。"

"村里有几个女子,在苏南服装厂打工,一个月三千差不离,你随她们过去试试。"妈妈看着小云说。

"我明天就动身。"

说话时,小云已站了起来。

阳 错

"五一"联欢会上,小云凭一曲《橄榄树》赢得了满场掌声,老总亲自上台为小云颁奖。老总说:"怎么搞的,比人家原唱还好!"

小云说:"我想云南了,想爷爷了。"小云的眼圈有点红。

老总说:"好好唱,唱上《星光大道》,爷爷就能看见你了。"

小云说:"爷爷眼神不好使,即便好使,屋里也没电视。"

小云打电话告诉妈妈,说唱歌得了只电饭煲。妈妈说:"保管好,过年带回家。"妈妈又问:"上月攒了多少?"妈妈总这样,电话一通就问钱。

小云说:"老样子,给爷爷寄五百,给弟弟寄三百,剩一千九。"

妈妈说:"怎不见回?"

小云说:"工厂给办卡了,钱在卡里头,凑成整数一起回。"

小云在服装厂做检测,谈不上苦谈不上累,只是时间长。好在有音乐陪伴,小云一首首跟着唱,唱得有滋有味,做得有滋有味。

工厂每月评先进,上个月小云拿了一百多奖金。她瞒了妈妈,打算用这笔钱替男朋友买双鞋。

男朋友在隔壁电子厂打工,两人在马路对面夜排档认识的。当时,小云在等拉面,男朋友也在等,老板问要不要放辣?两人异口同声说不要。老板说拉面不放辣倒是少数呢。两人相互看了

看,同时笑了起来。从那后,男朋友天天等在小云厂门口,邀小云吃拉面吃龙虾吃鸡肉串,吃得小云肚皮滚圆,一个月胖了六斤。

小云说:"不敢吃了。"男朋友一把揽过小云,趁机往她粉嘟嘟的脸颊上狠狠啄了几家伙,边啄边说:"我喜欢你胖!我喜欢你胖!"

小云搬出了集体宿舍,住进了男朋友租住的民房。

如胶似漆了一段日子,小云感觉上班真累,不光累,还不想吃饭,不吃饭罢了,还恶心。几个大姐看出了端倪,问小云想不想吃酸葡萄?那个几天没来了?小云被问开了窍,黄黄的小脸腾地绯红。

男朋友说:"怕什么,生个胖小子出来,我妈把你捧天上!"

小云说:"不明不白地就生啦,我妈还不懂呢。"

男朋友说:"我当然要去见你妈的。"

小云说:"先打个电话吧,让她有个准备。"

小云喊了声妈就哽住了。

妈说:"咋的啦?丢钱啦?"

男朋友拿过手机,说:"阿姨你好啊,我是小云男朋友。小云没啥事,只是不想吃东西。"男朋友边说边朝小云挤挤眼睛。

小云妈估出了大概,说:"叫小云听电话。"

小云一副唯唯诺诺的样子。

男朋友焦急地问:"你妈说啥了?"

小云说:"我处朋友她不管,她只要十八万八千彩礼。"

男朋友的家在数十公里外乡间,家境一般。

小云说:"不如做掉吧,等你攒够了再娶我。"

男朋友说:"偷儿偷儿,这是个儿子。我就不信你妈是铁口价;我就不信你妈看着你肚子大起来不管!"

这话过了一礼拜,小云妈的电话追了过来,直截了当问彩礼的事。小云支支吾吾说不出名堂,男朋友接过电话说:"阿姨能不能少点?"

小云妈厉声说:"你趁早放手,我不愁小云值不了这么多!"

男朋友撅了手机,说你妈怎么像老鸨的口吻。

一天趁男朋友不在身边,小云跟妈说:"十八万八千太多,这城里人都不兴彩礼了。"

妈说:"傻姑娘,我不要的话将来弟弟怎么办?回云南?云南也就那两间烂屋。来苏北的话谁砌房给他?"

弟弟在大西北学汽车修理,三年拿不到一分工钱。小云寄的三百,既保证弟弟手机畅通又保证了弟弟不挨饿。弟弟与小云说过,饭桌上人一多,就吃不饱。

小云说:"妈,能不能等以后我们再慢慢还你?"

妈妈要从手机里蹦出来似的,斥道:"死姑娘你听着,拿不来这笔钱,你赶紧给我滚回!信不信我敢追过去?"

小云妈果真追了过来。

男朋友说:"一起去饭店吧。"

小云妈盯着小云尚不明显的肚子说:"彩礼拿来,小云立马随你;拿不了,立马随我,限你三天时间!"

心急火燎的男朋友连夜骑车往家赶。未料钱没凑齐,小腿摔成骨折。

小云对着妈妈"扑"地跪下。

妈眼皮子都不抬:"我饶了你们,谁来饶我?"

又僵持了两天,伯伯黑峻着脸赶来了。伯伯二话不说一手抄起小云行李一手拽住小云胳膊。小云妈趁势拉住小云的另一条胳膊。小云双脚离地,像只瑟瑟发抖的小鸡。

数天后的苏北某医院,小云妈对刚刚做完人流的小云说:

"好姑娘,你享福的日子在后面呢。错不了,人家手上一个大饭馆一个小饭馆,就是年纪大了点也不打紧,老男人才晓得疼小女人呢。伯伯早帮你看准了的,错不了。"

小云扭过头去,苍白的脸上,挂了两滴泪。

别　墅

周六早晨,小苗小诗跨上了去人才市场的公交车。

小诗靠窗坐定后,用胳膊肘推推身旁的小苗:"还是先去趟我妈妈那。"

小苗皱皱眉:"你妈妈那边有什么去头,不过是……"小诗说:"不过是个保姆对吧。保姆怎么了,一不偷二不抢,不像……"小诗本想说"不像人家贪官"。小诗熬住了,从昨晚熬到了现在。小诗别过脸去,窗外,是愈来愈多的人流、车流。不到万不得已,小诗不会把妈妈抛出来。

小诗考上大学后,妈妈就动了随小诗进城的心思,这心思说起来有点离奇,小诗妈妈听人说某某某去城里做保姆,遇着了好东家,好东家帮其子女安排了好工作,呱呱叫的工作。小诗妈妈被"呱呱叫"吊足了胃口,想自己孤儿寡母,无依无靠,无钱无势,考上大学有什么用?小诗妈妈拾掇拾掇出来了,跳了几次槽,择一大户人家安顿了下来。

小诗从来不提起妈妈,妈妈也从不喊小诗去玩。偶尔,母女俩约好了,一道逛个街,一道坐街角的小馆子吃个饭。

小诗只知道妈妈待的地方叫"东郊庄园"。

小苗显然被呛着了,红头赤脸地解释:"我不是看不起保姆,我是说找工作是件大事。"

本来,小苗一毕业即进父亲所在的局。谁料,父亲出事了,被揪那刻,爬上办公室窗台,纵身一跃。小苗母亲一病不起,绝望之余拉出一长溜名单,说这些人肯定会知恩图报的。小苗去找了,叔叔、伯伯、阿姨、爷爷、奶奶……一个个喊过来了,但是这些人压根儿不记得苗局长似的,更别提苗局长的儿子了。

倒是女朋友小诗,可以随便出入苗宅了。

小苗与小诗是在大一时对上眼的,小苗母亲曾发出过严重警告:若继续,小诗有被撵出这座城市的可能。

眨眼,步入大四,落实工作成了当务之急。

昨晚,两人又争论了半宿,小苗说:"你愿意去电信公司站柜台,我可不愿去工厂倒班。"小诗说:"你该放下公子哥架子,先工作后择业。实在不行……实在不行的话……就去找我妈妈试试。"

"终点站'东郊庄园'到了,请乘客们依次下车。"小诗醒悟过来时,身旁的小苗已经无影无踪。

小诗想现在不是较劲的时候。

小苗果然在人才市场转悠。小诗冲着手机说:"你到底去不去见我妈?"从小失去父亲的小诗觉得,自己妈妈比小苗妈妈坚强多了。

小苗犹豫了一会儿,说:"等我。"

等的当口,小诗又给妈妈打了电话。妈妈说:"已经与东家吹过风了,不巧的是东家带着老婆孩子去国外度假了。"

这片气势恢宏的别墅群,小苗见识过,爸爸那几个不知道知恩图报的朋友,也住这里。

出来迎接的小诗妈妈看着小苗说:"东家这幢,最贵,单单狗狗的住所,造价二十来万。这东家,不仅有钱,朋友也多,来拍马屁的更多!"

小苗似听非听,一脚把一颗石子踢出好远。

妈妈把小苗、小诗让进沙发,小诗仿佛跌入柔软之海,扭了扭屁股,却是越陷越深,干脆躺了下去。

小诗妈妈刚把水果盘子放下,西侧卧室传来急切的呼唤声:"梅梅,快过来,我要撒尿,憋不住了。"小诗看着妈妈,妈妈明明叫梅花,小时候,只有父亲在世时,喊过妈妈"梅梅"。

小诗妈妈小声说:"你们先吃水果。这老爷子喜欢纠缠人,仗着儿子不在,更是片刻不能离左右。"

妈妈过去不到两分钟,老爷子忽然发出了哈吱哈吱的笑声,听起来非常亢奋非常满足,像狼啃食羔羊那种。

小诗觉得奇怪,奋力让自己的身体从柔软之海中浮起。

小苗紧跟着站了起来。

一张特制的护理床上,一个须眉皆白的老家伙侧着身,下巴随着怪笑贪婪地一张一合。立在床沿边儿的小诗妈妈手足无措……

小苗着火般扭头而去。

小诗脸色尴尬,尖叫道:"妈……妈……"

老家伙一惊,收拢笑声,问道:"谁在这里?"

妈妈慌乱又无奈地说:"我姑娘,还有她男朋友。"

老家伙说:"瞎叫什么,上大学的钱,我给的。我儿子还要帮忙找工作呢。"

小诗双手捂住耳朵,一边后退一边喊道:"不要!不要!我不要!"

远远地,小诗看见小苗跨上了公交车。

小诗蹲在路边……

公交车绝尘而去……

麻 雀

一场雪,把泓湾缀成了白的世界,风凛凛的,掠过旷野掠过屋脊,使原本安静的雪花儿旋了起来舞了起来。

大黑难捺兴奋,撒开四蹄,朝兰婶家鸡栏窜去。鸡婆们"咯咯咯"好一阵惊慌失措。兰婶从屋里探出头来,紧跟着,一张雪一样白的标致脸蛋挨上了兰婶肩头。

这场突如其来的雪,把一个叫小雪的女孩留在了泓湾。

小雪是城里人,省城。谁都敢保证,那时的泓湾,没谁去过省城,小雪趁寒假来看姑姑,姑姑带过小雪,小雪最爱姑姑。小雪本来只准备待一个星期,雪把小雪暂时留了下来。

正在追赶大黑的小军被雪一样白的标致脸蛋惹红了脸,吭哧吭哧说:"兰婶请别恼,追上了看不揍它一顿。"这几天,小军无缘无故地脸就红,做梦也在红。

上一次,大概春天的时候,大黑叼走过兰婶的鸡苗,小军家里说赔,兰婶说远亲不如近邻呢,抬头不见低头见呢,哪能与畜生较真呢!

小军估计错了,大黑对鸡婆不感兴趣,大黑发现了比鸡婆更

有意思的麻雀,这只可怜的麻雀怕是饿急了。麻雀发现了步步逼紧的大黑,扑棱扑棱翅膀,却是原地折腾,没有飞翔的意思。

虎视眈眈的大黑做好了扑食的姿势。

小军一声断喝飞奔过去。

小军捧起瑟瑟发抖的麻雀,朝小雪走去。

小雪抬起手轻轻捋了捋麻雀的羽毛,麻雀挣扎了几下,小雪后退了一步。

小军说:"别怕,不啄人的,麻雀已经饿坏了、冻伤了。"

小雪说:"喂它吧。"

小军说:"先替它做个窝。"小军拣了个豁口的茶碗,垫了些稻草。

小军说:"小雪你看麻雀的眼睛透亮透亮,像什么呢?"

小雪歪歪头,认真地说:"像玛瑙。老师说过的,像玛瑙。"

小军说:"像你的眼睛,一样样的。"

小雪转了转眼睛,调皮地说:"我眼睛这么好看吗?"

小军知道小雪喜欢麻雀,却又故意问:"喜欢吗?喜欢就送你。"

傍晚时,兰婶找到小军,兰婶说:"麻雀死掉了,小雪难过得不肯吃晚饭。"

小军拍胸保证说:"我再捕一只麻雀送小雪。"

小军问小雪:"以后还会来吗?"

小雪说:"来,肯定来。"

小军说:"拉钩。"

小雪翘起手指说:"拉钩。"

小军找了个竹筛子,倒扣在雪地上,拿根筷子撑起一端,雪地上撒了一撮饭粒。夜里,小军一次次起来,看筛子有没有动静,明天或者后天,小雪就要回省城了。小军嘴唇燎起了一串水泡。

太阳离地一丈多高时,几只麻雀扑棱扑棱落下来,东张西望一番后,跳跳停停、停停跳跳着接近了筛子。小军屏住呼吸,攥牢手中的绳子。为保险起见,小军又在筷子上牵了根绳子。未等小军拉动绳子,筛子扑地倒扣下去。小军一个雀跃一声欢呼:逮住啦!逮住一只啦!

小军把筷子上的绳子解下来,绑在麻雀的一条腿上。

小雪走时,只拎走了小军用芦苇编的笼子及笼子里的麻雀。

小军天天追着大黑去兰婶家,兰婶忘了小雪似的,只字不提。小军忍不住,说:"婶啊,还会下雪吗?"

兰婶说:"傻孩子,哪能老下啊,春雪烂麦根!"

大概过了一个月,兰婶终于提到了小雪,说:"小雪写信来了,那麻雀不小心给飞走了。"

小军说:"我再捕一只,兰婶替我送过去。"

兰婶说:"真是个傻孩子。"

小军说:"那等暑假吧。"

兰婶说:"我们也要去城里了,投奔我哥去了。"

小军说:"我将来考省城去,找你兰婶去。"

后来,小军果然考取了省城的理工学院,果然摸到了兰婶家。在兰婶的客厅里,小军看见了小雪,小雪站在"全家福"中央,身着白色连衣裙的小雪像一朵盛开的雪莲!兰婶指点着说:"小军你看看,这是我大侄女去美国念书之前拍摄的。"

小军故意说:"这就是小雪吗?"

兰婶说:"还有谁。哦,小雪去过一趟泓湾的,你倒还记得!"

小军大学毕业没去别处,留在了省城,三十多了仍是单身,泓湾家里急得像热锅上的蚂蚁,说要兰婶帮忙。小军被逼得没法,只好又走进了兰婶家。兰婶老了,头发白花花的了。兰婶说闹心闹的,操劳操的,哥嫂年老体衰动弹不了不说,大侄女小雪,就是小时候与你玩麻雀的小雪,一跤摔成了植物人,连带四个月的身孕,造孽!

小军终于谈了对象,第一次见面小军就问:"你喜欢麻雀吗?"

对象看着灰蒙蒙的天空说:"俺家乡麻雀多了去了。小时候,俺的任务就是赶麻雀,赶不走还会遭骂遭打。不光俺讨厌,俺一帮女孩子都讨厌!灰不溜秋的,叽叽喳喳的。你呢?你喜欢吗?"

小军无语。

第三辑 西餐

红　蛋

春梅不猜就晓得，桌上红蛋是冬梅送的。

奇怪的是，冬梅只送了七枚。

按泓湾习俗，报喜红蛋，邻里一枚，亲朋好友九枚。

想当年，春梅冬梅同一天嫁来泓湾，当两个身着大红织锦棉袄的新人在田埂相遇，彼此产生了格外的关注。

冬梅是"撞门喜"。冬梅的孩子背上了书包，春梅仍毫无动静，冬梅拉着春梅问仙占卜讨偏方，甚至教导春梅如何行房事。春梅成功怀孕后，冬梅指着春梅肚皮说："生丫头做我儿媳，小子的话拜我干娘！"

春梅儿子一落地，两家男人也开始了互动，春梅老公介绍冬梅老公去建筑工地搅水泥，冬梅老公有悟性，搅着搅着把自己搅成了包工头。当然，这是后来的事。

还有像去年麦熟季节，春梅不小心得了重感冒，诱发肺炎，等春梅从医院出来，麦子已经登场，麦地点上了花生。春梅说："拿什么犒劳你啊冬梅？"冬梅说："我馋你肉馅馄饨了，来，我剁馅你擀皮。"

七枚红蛋，春梅不奇怪才叫怪呢。

春梅想讨讨老公主意，老公先来了电话，老公问："麦子割了没？"

春梅说："割完了，屁股刚坐稳。"春梅又着急地说："老公你可晓得冬梅做了奶奶？你猜冬梅拿了几枚红蛋来报喜？"

老公说："不用猜的，九枚。"

春梅说："七枚。"

老公说："不可能，你数错了。"

春梅说："我数来数去没数出九枚来。"

老公说："要不冬梅弄错了，问问看。"

春梅说："怎好问，万一冬梅故意呢。"

老公说："打听打听别人。"

春梅说："怎好打听，风一吹，就歪鼻子歪眼了。我想既然这样，后天的喜席咱不去贺了，还有冬梅地里的麦子，本来我答应帮忙的，看来也犯不着了。怪不得，刚才朝屋里走时，冬梅正骑着电瓶车往中心路拐，我喊她，她没回，反倒越骑越快，怪不得，怪不得呢！"

眼一眨就是后天。

两宿未好睡的春梅天一亮就去了县城，把本来贺喜的份子，替自己办了个一身光鲜，磨蹭到日头落山，进村时撞着去冬梅家吃晚席的街坊。

街坊一拍巴掌说："好你个春梅，上午冬梅寻了你几来回，中午还替你空了席位。走，一道吃晚席去！"

春梅揉了揉肚子说："不舒服，吃不了。"

街坊说："吃不了也去过过场呀，谁不晓得你俩胜过亲姐妹！"

春梅说："胜过亲姐妹了吗？"

街坊说："咋的啦？"

春梅说："累啊，困啦！"

春梅到底没帮冬梅割麦子。

冬梅的麦子，淋过几场雨，重新掉进烂泥里，萌出嫩嫩的芽儿

来。

冬梅肚里的气,也像烂泥里的麦子,萌了芽,生了根。冬梅想找找春梅,无奈春梅眼睛像被屁打瞎了、耳朵像被屎塞住了。

街坊在春梅面前说:"春梅你待冬梅不薄呀!"春梅说:"良心被狗吃掉!"

街坊在冬梅面前说:"冬梅你没亏待春梅呀!"冬梅说:"良心被狗吃掉!"

一阵风,春梅的话刮进了冬梅的耳朵。又一阵风,冬梅的话刮进了春梅的耳朵。

春梅说:"戳心!"

冬梅说:"戳肺!"

青天白日下,两个戳心戳肺的女人扭打在一起。街坊拉了春梅又拉冬梅,拉了冬梅又拉春梅,却似两团强力胶,黏住了,分不开了。

冬梅揪牢春梅头发:"得罪着哪了?"

春梅揪牢冬梅头发:"七枚红蛋报喜,天下奇闻!"

冬梅说:"呸呸呸,九枚,少一枚我立马去死!"

春梅说:"呸呸呸,七枚,多一枚我立马去死!"

街坊说:"等等,等等,问问我憨儿去,我憨儿好像说过在春梅婶屋里拿了两枚蛋。"

又是一年麦熟季节,滚着涌着的麦浪,像金子,把泓湾弄了个铺天盖地。春梅眼里,没有麦浪没有金子,只有冬梅家那块荒芜了的地及地中央一座孤零零的坟茔。

春梅说:"冬梅你想我不?冬梅你好傻,吃五谷哪有不生病的,生了病就得医就得治,再说现在假的多,说不定你那病也是假的。冬梅我晓得你是害怕了,你老早说过,哪天碰上疙瘩毛病,不如自己解决来得痛快。以为玩笑说说的,怎么变成真了呢?冬梅哪,你的干孙子也快出生了。你说过,等干孙子长大,我们就完成任务了,就一道去外面逛逛了。"

春梅觉得,自己无论说什么,冬梅都能听得见。就像眼下把冬梅这块荒芜的地点上花生,冬梅也能看见一样。

春梅心思里,冬梅与活着时一样。

小 姑

小姑去北京之前跟我说:"这几年等于白做,等我从北京回来,再想办法挣钱,能弥补则弥补。"

小姑从小吃苦,劳碌成癖,棉织厂退下来第二天,就跑去有钱人家里做保姆。小姑瞒着家人的,瞒着瞒着露了馅,先是衣着,小姑不穿不透气的化纤了,换上了活抖抖的丝绸、柔软软的棉麻。

小姑说:"是同事穿剩下的。"让小姑彻底露馅的是几盒子生日蛋糕,小姑欲狡辩,家里人说:"别哄鬼啦,老实交代吧,哪来的?"小姑只得把做保姆的事招了,不过遇到的是个好人家,是大老板!小姑眼里都是有钱人,都是大老板。小姑说:"老板娘过寿热闹啊,年轻轻的,不知四十九还是五十,收到的礼物堆成山!"

那时小姑母亲也就是我祖母尚在,祖母第一个反对,地主出身的祖母当然不希望自己的女儿去做"长工"。小姑说时代变了,现在叫"打工"。祖母说一回事一回事!

保姆身份公开后,小姑天天放在嘴上说:"确是个好人家!确

是个好人家!"怎么个好法呢?那次祖母住院,许多天了仍睡走廊,至于主刀医生,更是摸不着头脑。大老板听说了,拉起来一通电话,嗨,五分钟,搞定了。虽然祖母没熬过半年,但是老了谁有不走之理?还有像小姑家拆迁时,对比左右邻居是吃了亏,便与拆迁人员发生了争执,协议签不了不说,还被叫嚣不服气可以去打官司。小姑散了神,烧的菜不是糊就是咸,大老板问何故?小姑原原本本道来,大老板说:"芝麻大的事整成西瓜了。"拉起来又是一通电话,不,这次不止一通,转弯抹角了几通,嗨,不过两天,那边拆迁办主动打了电话来。

小姑差点一头磕下去,说:"怎么谢?"大老板说:"不谢,自己人。"小姑平时也热衷于上寺庙,确信自己积了功德,本来就是个实心人的小姑念佛更起劲干活更卖力。小姑想东家吃不愁穿不愁花不愁,唯愁蔬菜喷农药。于是特意去远郊要了块地,栽种时令蔬菜,夏天晒得乌黑,冬天手掌皲裂。

小姑种的地就在我家屋山头。

小姑只比我大十岁,抱我的时间比我母亲多十倍。

一次我进城,顺道走进传说中的大老板豪宅。底楼,二百多平方米,阔气的牛皮沙发里,嵌着一对威严贵气的老翁老妪,是老板娘的父母。我悄悄问小姑:"他们需要你侍候吗?"正在烟熏火燎中的小姑抬起头:"嘘,小声点。"

"这么大房子够你打扫的。"我说。

"这算小的,另外一幢别墅打扫起来才叫麻烦。"

"加你工资了吗?"

"加了,这么多。"小姑竖起一根食指一根中指。

"二千不多呀。犯不着这么做牛做马的。"

小姑说:"做人不能忘恩负义,再说趁自己能做,多挣几个,你弟要是在省城买房子,钞票不是一点半点。"

小姑儿子大学毕业留在省城,浮萍生根,经济是基础。

其间小姑生了一场病,胆结石。家里人说趁机把工辞了。小姑说老板娘的父母恐怕不同意。果然,老板娘拎着大包小包来了医院,让小姑安心调养,等身体好了再说。出院后两个月,老板娘又来看小姑,说新来的两个保姆父母横竖看不上。老板娘拿出四千元钱给小姑。那天我正好在小姑家,老板娘一离开,我迫不及待地说:"怪不得,这种东家确是打灯笼难找,不去干活还开工资。"小姑说:"别说出去呀,这事除了你一个也不知道,这叫钱生钱,这四千是我自己的钱生出来的。我投了二十万在大老板那,他们每月给我二千,比存银行划算许多。"

我一听便明白了:"当心,也有人连本带利讨不回的。"

小姑说:"怕啥怕,大老板拍胸保证我才敢投的。再放几年,本钱不就出来啦。大老板是为我好,是把我当成了自己人,换别人要投也投不了,放一百个心吧!"在小姑眼里,大老板是个无所不能的神。

后来,小姑接到通知要到省城带孙子。大老板说:"带孙子是百年大计,耽误不得。"小姑想既然不做了,把那笔钱要回吧,免得牵肠挂肚。便说:"儿子要还房贷,能不能……"老板一听,正了正脸色说:"恐怕好事要变成坏事,是这样的,不说你二十万,我二百万都被骗子卷走啦。给你的两千,是我自己袋子里的。"

小姑紧张得脸皮发了白:"是……是什么时候的事?"

老板说:"半年了,也就是说我已经垫了一万多给你啦。"

小姑说这些时,眼圈一阵阵泛红。小姑说:"千万千万别说出去,除了你,一个也不知道。小姑说横算竖算,这几年白干了。"

我说:"你一点都不怀疑吗?"

"怀疑什么？"

"那个大老板。他的话你相信？"

小姑说："这几年吃他的穿他的，还帮了我这么多大忙，我找不到不相信的理由呀。"

唉，这小姑，难怪祖母当年不放心她远嫁。老实人，终究要吃亏的。

红头绳绿头绳

妈妈往篮子里放了两块年糕，一块系了红头绳，一块系了绿头绳。

"红头绳给二姨，绿头绳给小姨。记牢！"妈妈吩咐了一遍又一遍。

"往年从来不系，今年为啥系头绳？"我好奇着呢。

"今年多蒸了一笼米糕，开天辟地头一回呢！"妈妈笑眯眯地说，难得她这么高兴。

"看上去一样白，与玉米糕一模一样。"我边说边拿手指去戳戳。

"傻小子，吃起来口感不一样，米糕香，又黏。你外爷在世时常念叨，吃过米糕，无遗无憾。今年，咱总算蒸上了。来，闻闻看。"

妈妈重新捧过"红头绳"，自己嗅了嗅，又让我嗅了嗅。

"先去二姨家，后去小姨家。记牢！"妈妈又吩咐。

"先去二姨家，后去小姨家。"我重复了一遍。

自从学会了骑自行车,送年糕的任务就交给了我。

自行车在我屁股底下扭来扭去,我在自行车上扭来扭去。扭到县城,破棉袄里的热气,能用来蒸年糕了。

妈妈总说自己命不好,说二姨和小姨命好。

妈妈总说自己的命像屋门口酱缸里的腌黄瓜,说二姨和小姨的命像蜜罐里的蜜。

二姨是妈妈表妹。

小姨也是妈妈表妹。

二姨是妈妈二舅的女儿。

小姨是妈妈小舅的女儿。

二姨与小姨靠着,之间隔条弄堂。

踏进二姨家时,二姨正拎着条水淋淋的肉。那红红白白的肉,我看见就流口水。

我转过来转过去寻了一圈,没瞧见二姨夫。妈妈叮嘱过,进门先喊二姨夫。二姨夫当过兵,立过功,是个老大不小挺了不起的官。妈妈还说小姨就是二姨夫弄进城的。妈妈说自己反正老了……妈妈还说过其他,比如,比如我将来怎么怎么的……我没往心里去,长大早着呢。再说,我可不敢指望二姨夫。就像现在,二姨夫不在房里反倒自在。

我看看红头绳,看看绿头绳,妈妈的吩咐,沿路被蒸发掉了。

二姨看看搁在桌上的绿头绳,又看看躺在篮子里的红头绳,一脸狐疑,她没有像往年样摸摸我的头夸我长高了;没有像往年样塞给我一大捧一大捧花花绿绿的糖果、甚至还有鲜亮笔挺的衣裤。

二姨竟然没留我吃饭!

我吸溜吸溜鼻子,转身去小姨家。

小姨在盛饭,白花花香喷喷的米饭,妈妈过年才会煮。

小姨看看红头绳,一脸狐疑,没有像往年样赞我越长越像妈妈;没有像往年样抓过来一大把一大把瓜子还有花生。

小姨竟然没留我吃饭!

我拎拎朝屁股瓣奔拉的裤腰,真想一脚跟把篮子踢上天。想想没敢,要挨骂,弄不好挨打。

我往自行车上一趴,头缩得像乌龟,这天,真冷!

妈妈看看空篮子,一脸狐疑。

今天个个见了鬼!我心里嘀咕着,径自走向灶台,掀开锅盖,捞了一碗玉米粥。

妈妈的眼睛瞪得像铜铃:"怎么,她们没留你吃饭?"

"以后,打死我也不去了。"我抹掉一把鼻涕红着眼睛说。

"是不是先去的二姨家?是不是先送的红头绳?"

我挠挠头皮,红头绳?绿头绳?亏妈妈还记得。

"傻小子,光晓得吃……吃……啥记性!"妈妈眼睛鼻子错了位,还好手没动。

从那以后,妈妈不叫我送年糕了,从那后,妈妈不说指望谁谁谁了。妈妈只说:"傻小子,咱争口气!"

银　元

左二看好了日子,就与在美国行医的弟弟左三联系。

左二先问母亲可好?

左三说:"哥放心,母亲一切正常。"

左二说:"政府下了文,一口棺材赔一千。咱祖坟共有四口棺材。"

左三说:"辛苦哥,拜托哥,赔偿金也归哥。"

左二说:"小工挖坟,五百;捡骨师,红包一千;还有红布、香、烛、纸、鞭炮什么的。"

左三说:"尽管花,不够我来贴。"左三晓得左二是一板一眼的老实。

左二说:"你把母亲照顾得好好的,就算不够也不能让你贴。"父亲去世,母亲伤心过度,导致神经错乱,左三把母亲带去了美国。

母亲走时,把藏在柜子里的细软分成三份。

左三说:"母亲的东西,一并给姐姐左大得了。"

左二看看左三,也说:"母亲的东西给姐姐左大得了。"其实左二挺喜欢那副带响铃的银手镯,给即将出世的孙子正合适。

母亲说:"做娘的一碗水端平,你们多多少少拿上点,权当念想。"

左三看看左大,挑了一枚铜钱掭在掌心。

左二看看左大,拿了那副带响铃的银手镯。

一直睃着眼的左大终于发声:"银圆呢?咱家不是有银圆吗?"

母亲说:"啥年代的事,抄的被抄,剩下的你们父亲拿去换了大梁。你是老大,应该记得三间瓦房的大梁哪来的。"

"我只记得父亲说过,咱家柜子里藏银圆!"左大脸皮一挂。

"柜门开着,没有的话问你父亲要去!"母亲脸皮也一挂。母亲总认为左大身为老大,没范儿样。

"我就晓得你偏儿子,打小就是!"左大把桌上细软统统撸进

口袋,走了,头也不回。都说丫头不断娘家路,左大却是"断"的样子,再没有回来过。

迁坟是大事。考虑来考虑去,左二决定告诉左大一声。

左大家不远,邻村。左大果然不冷不热地:"不知道有没有工夫,到时再说。"

吉时吉辰到了。

左二按拟定的仪式,毕恭毕敬,诚惶诚恐,生怕冒犯了祖宗。左二深信,要不是祖宗保佑,左家走不出左三。左二伸长脖子等左大,左大过来时,列祖列宗已在安息堂与父亲团聚。

左大说:"完了?"

左二说:"完啦。"

左大说:"就这样?"

左二说:"人家也这样。"

"就这样吗?"左大盯牢左二。

"不这样咋样?"左二愣了愣,以为左大惦记那笔赔偿金,便说那钱剩下不到二千,本来要多些,临时又添了四束鲜花。

左大不依不饶:"完啦?"

左二突然想起什么似的:"哦,晚上一起过来吃饭,祖宗乔迁新居,咱该庆贺庆贺。"左二想大不了把多余的钱吃光喝光。

左大仍板着脸子:"装什么装,银圆呢?父亲说过,祖坟里随了银圆!"

其实,左二也纳闷,祖坟里怎么没银圆?祖坟里应该有银圆!泓湾村上了年纪的都晓得,土改前左家是大户,银圆用罐子装。

左二想横竖说不清,双手一摊:"没有,影儿都没有。"

左大说:"你们贪了屋里的还贪坟里的!"

左二急了:"越说越不像了,为啥不早点过来,还指望一起磕个头的呢。不信去问捡骨师!"

左大说:"你们串通一气,问了何用!"说完,她一撇嘴,哭着跑了。

左二原地转了几个圈,决定去找捡骨师。

捡骨师说:"什么意思么?你不是在现场么?你不是一眼不眨盯着么?难道我做了手脚么?"

左二说:"别误会,是我姐姐左大在胡扯,我想喊你证实证实。"

"证实证实你姐姐就信了么?去去去,一边去,别来这一套,别拉我瞎掺和,这些招式你以为我没见识过么?"捡骨师啪地叼上烟,自顾作吞云吐雾状。

左二被喷得晕乎乎的,骑着用来拉列祖列宗的三轮车往回赶,莫名其妙摔了一跤,干脆坐地上,把前后经过回放了一遍过滤了一遍,没得出所以然。爬起来时,身子软绵绵的像被抽了筋。

老婆正恭候着左二,老婆说左大哭着回去了,一路经过一路哭,都晓得你们左家祖坟里的银圆被你独吞了!

左二揉着磕破皮的胳膊:"你也信?"

老婆说大家都在传,满世界在传,到底有没有,有的话分她一块。左二真想甩老婆一巴掌,哪敢。猛一转身,哗啦啦把三轮车推进屋后面横河。

老婆追过去,小声说发什么痴,都怪你自己,见了芝麻就揩油的角色,请来做什么?关她什么事!

刚吃罢晚饭,电话响了,是母亲。

母亲说:"老二呀,左大要,让让她吧。"

"让什么呀?"

"银圆呀!"

"哪来的银圆?"

"左大来电话了,一哭一笑地称,左家祖坟挖出大银圆了,全村人都这么说。"

左二像被卡了嗓子,绝望地说:"你也信?"

"还不是听你父亲说的。"母亲言之凿凿。

"老娘,我……我……我只有死路一条了!"左二号啕大哭。

老婆一把夺过电话,吼道:"我也听说过,那祖坟里的银圆,早被你娘家人盗走了!"

与昨天一样

与昨天一样,那个半老不老的小区门卫斜倚在木头椅子上,半睁半闭的眼睛或刚刚苏醒或在酝酿一场春梦。

与昨天一样,他把装了半塑料筐"快件"的电瓶车停在八号楼楼下,仰起脖子打了一通电话,然后捧了个黑塑料皮裹着的"快件",朝楼上走去。

果不出所料,606室的防盗门还与昨天一样虚掩着,缝隙足有好几厘米。

这是他的"杰作"。凭他锁厂打工资历,对付一扇假冒伪劣防盗门,本不该榔头、凿子一齐上。等他潜入室内,方知判断错误,书香门第,清汤寡水,四壁一色弄不清真假的字画,错落有致的博古架上,摆着不明来历的瓶瓶罐罐,他来不及细看也犯不着细看,这些玩意不是他要的菜。一次出于好奇,他随手顺走了人家几把造型别致的壶,拿回老家出售,十元一把还嫌贵。

他蹿进卧室,凭经验,卧室才是风水宝地。该翻的翻了,该抖的抖了,书香门第就是书香门第,注定与金银珠宝无缘。他不甘心,挪开床头柜,蓦地,一叠上了霉的钞票,出现在积满灰尘的地板上。十之八九是男主人的私房钱,只是时日一长,糊涂了。这是他的猜测。当然,这种好运气他已经碰到过好几次。

这当口,寂静的楼道传来脚步声,由下及上,由轻及重。他闪身门后,凑近猫眼,心跳已经加速。入道一年,与主人撞车的倒霉事从未发生过。上来的是个胖妇人,五六十岁模样。胖妇人朝这扇虚掩的防盗门看了看,似有某种疑虑某种犹豫。仅仅数秒,她放弃了疑虑放弃了犹豫,转过身,朝楼上走去。

他松了口气,闪出门外,中途遇着一个老者,老者满脸微笑,很有修养地点了点头。他也微笑,尽量装出一副文质彬彬的样子,轻轻扬了扬手中的"快件"。

他确实干过快递。之前,还送过牛奶,贩过蔬菜。听老乡说快递赚钱。做了才知道,快递公司与快递公司不是一回事;这区域与那区域不是一回事;他是外地人,与本地人更不是一回事。钱挣多挣少还是其次,一次他接到一名客户投诉,说大包裹变成了小包裹,说苹果什么什么手机不见了丢失了。他说客户签收了就没他的事了。客户不承认,一投诉二投诉再投诉。公司追问究竟怎么回事?他说不出所以然,只说像平常一样派送。弄到最后,公司让他赔一部分。就这一部分,扣了他一个月工资。他百口难辩,只觉冤枉,是那种会让人产生仇恨的冤枉。

接下来的一桩事彻底改变了他的人生。

那是陈旧小区五楼的客户。客户说年事已高,不方便上下,请他帮忙。他答应了。他想起了遥远山村里瘫痪在床的父亲。

上楼时，他发现三楼大门敞开，直觉告诉他屋里没有人，他在门口等了等，还跺了跺脚。下来时，好奇心驱使他把脑袋伸了进去，这一伸不要紧，却见桌上趴着一只敞了口的旅行包，里面是些摄影机之类的电子产品。他心一动，一个月工资的损失，总算有了弥补。

他想这行当来钱真爽快，逮着好机会，胜过干一辈子快递。他不是没听说过，有些奇葩贪官屋里，钞票一捆捆像手纸。

他也是个奇葩，得手后喜欢躲在出租屋里收看这座城市的晚间新闻。他奇怪，那些失窃户为什么很少出来亮相？

他动了回访的念头。

比如今天。

今天与昨天一样。

606的住户呢？606的邻居呢？

他又一次潜入室内，室内也是昨天的样子，他把电视柜搬回原位，他得感谢电视柜，发霉的票子，够他送两个月快递。他还拿过不明来头的瓶瓶罐罐，左瞧瞧右瞧瞧，摇摇头，又放回了原处。他还摇了摇博古架，纹丝不动，结结实实。他转到厨房，顺手打开冰箱，冰箱里除了两瓶咳速停，没有什么可吃的食物。

与昨天一样，寂静的楼道传来脚步声，由下及上，由轻及重。他贴紧猫眼，还是昨天那个胖妇人，不同的是胖妇人手上多了个精致的提包，看上去价值不菲。可能是爬楼梯爬累了的缘故，胖妇人停下步子，胖妇人凑近防盗门，胖妇人似要伸过手摸这扇防盗门。

他的心吊到了嗓子眼。

胖妇人终究没出手，转过身，上楼去了。

胖妇人手腕上的金镯子，一闪一闪，晃得耀眼。

第三天这时候,他在楼梯上碰到了胖妇人,他冲着胖妇人扬了扬手中的"快件"。胖妇人看了他一眼,微微侧过身去,他似乎感觉到了胖妇人身上释放出来的热量。

胖妇人家的防盗门,绝对正宗产品,却打开得非常顺利,这是好兆头,确实是好兆头。

今晚这座城市的电视新闻,他不会错过,与昨天一样。

跳 舞

画家在外面溜达,看见几个妇人跳广场舞,画家觉得有趣,于是停下了步子。那儿是农村拆迁安置区,跳广场舞的都是农妇。一曲结束下一曲开始间隙,一个农妇朝站在一旁的画家说:"来跳呀。"

画家笑笑。样子文雅。

另一个农妇也说:"来跳呀,跳跳好睡觉。"

画家仍笑。样子仍文雅。

又一个农妇说:"站过来呀,开始了。"

画家同样笑着。画家这时想,看了一天书作了一天画,活动活动筋骨确是再好不过。

画家心里痒痒的腿痒痒的胳膊痒痒的,但是画家有点不好意思,画家又矮又胖,从未学过跳舞。再说你看看这些个农妇,要板没板要眼没眼,基本节奏都跟不上,比不得小学生做操。想跳的话起码先在家里练练,对着视频。画家想。

又有一个农妇走过来,站进队伍跳了起来,两只葫芦样的奶子吊在紧绷绷的针织衫里头,一抖一抖颤得厉害。画家脸一红,下意识看看自己的胸部,隔着衣服整了整胸罩。

那农妇发现了站在一旁的画家,手一招说:"站着干吗,来跳呀。"

画家不动。

那农妇又说:"没跳过?跳跳就会了,跳舞好减肥。"

画家犹豫。

但是画家身体里的细胞已随音乐蠢蠢欲动。

又一曲结束。

一个农妇看着画家说:"面生,城里过来的?"

画家点点头。

另一个农妇说:"文绉绉的像知识分子,教师?"

画家想了想,点点头。

又一个农妇说:"知识分子更应注重锻炼,来吧,与我们一起跳吧。"

画家站着不动。

这时,领舞来了,领舞模样干练,一来就调整音量调整了曲子,说今天教大家一曲新出来的舞。领舞发现了一旁站着的画家,说:"新来的?站我旁边。"

一个农妇嘀咕道:"人家知识分子,不与咱乡下人搅一块的。"

领舞说:"知识分子怎么啦?乡下人怎么啦?同样人呗,不就跳舞嘛。"

领舞身材倍儿挺拔,双乳像两座山峰。画家不由自主把双腿并拢,提臀、收腹、挺胸、抬头。

画家觉得自己生硬如机器人。

一个肥胖的男人走过来,好奇地站在舞队对面,看着,笑着,笑着,看着。过了一会儿,腰扭起来了,屁股也扭起来了,那样子,像只憨态可掬的大熊猫。

画家想笑,忍住了,脑袋里灵光一现,巴不得手头有纸有笔。

画家感到了热,却不敢脱。画家知道自己脱下风衣,弹力衫里头两只蹦跶的兔子说不定要蹿出来。

画家不停地擦汗。

一个农妇说:"脱,脱嘛。"

画家摇头。

另一个农妇说:"都上了年纪的,怕什么,又不是小姑娘,小姑娘反倒大大方方,还有只穿胸罩的呢。"

画家仍是摇头。

又一个农妇说:"下次少穿点,像我这样,像我这样。"

农妇们见画家不理会,也不再说话了。

最后一曲跳完,农妇稀稀拉拉离开。领舞对画家说:"要不要开开小灶?"画家看着领舞,想说心血来潮而已。领舞又说:"明天不要穿这么宽大的衣服,跳舞不方便。像我这种收身的。"

画家想自己的胸,脸又轻轻地一红。

明天来不来,画家自己都不知道。

西 餐

夏天，老周基本不穿上衣，仅一条花格裤衩。裤衩像灯笼，两条腿像麻杆。老周不介意，把皮鞋里的两只光脚，搬跑得虎虎生风。他说："凉快！"待天气真的凉快时，他的外套是件格子反穿衣，后面系带子的家庭主妇几乎人手一件的那种。但老周的老婆不穿，他穿。

老周住一楼，十来级楼梯就到了楼下。地理的原因，老周喜欢端着饭碗在楼下边吃边转悠。一般情况下，他碗里没有美味佳肴，难得吃一回红烧鸡块。吃红烧鸡块的时候，老周会边咂嘴巴边说："上当了，不是正宗土鸡。"

鸡是老周自己杀的，放在楼下空地上，热水瓶、脸盆、剪刀撒了一地，鸡"呱呱呱"一挣扎，声势就大了，就有人围观了，就有人说现在都是菜场杀好拎回来的。老周大着嗓门回应："宰不起，三元，两块豆腐呢！"

有段时间，老周养鸡，等鸡开始下蛋时，禽流感来袭，弄得大家看见鸡像看见了特务。老周想把鸡藏着掖着潜伏起来，但十几只鸡不比十几个人，连啼带鸣的。后来，不知哪个怕死鬼把老周给举报了。老周留下三只，杀好了放在冰箱里，其余活口全部转移到他当年插队的乡下。禽流感撤退后，老周去看望鸡，收容他鸡的老乡一是一二是二把鸡蛋如数交给了老周。并请老周放心，就像鱼儿戏水，鸡理当无拘无束漫步于广阔天地。

老周吃得最多的是咸菜包子。包子不暄不白,像核桃。一手拿几个,一个接一个往嘴巴塞。包子是他做的,咸菜是他腌的,腌咸菜的菜是他亲手栽种的。刚搬过来时,老周就瞄准楼下公共绿地,开垦出一大片菜地。青菜、芹菜、韭菜、空心菜、菠菜、小葱、大蒜……应有尽有,除了自足,还分送给楼里邻居,名曰"资源共享"。邻居们知道老周不容易,不分送也没意见。社区不买账,经常跑过来干涉。老周说:"你们瞧瞧,东西南北的绿地,不全荒芜了,就剩这片菜地绿意盎然。你们看丝瓜花、扁豆花开得多美,蜂啊蝶的都赶过来了。"逼急了,老周想出一计,间植枇杷树、枣树、蜡梅、月季、菊花、美人蕉……一折腾,还真热闹得像花园。

老周五十岁那年从纺织厂下岗,一同下岗的还有老婆。那时,儿子正好考上大学,而且是名牌大学。双方兄弟姐妹不看僧面看佛面,安排四个老人给老周夫妇赡养,退休金及房产统统归老周。

老周自己生存危机解决了,老人却一个接一个倒下来。老周买来几张躺椅,在风和日丽的天气时搬到楼下,然后把老人一个个背下去或者抱下去,老人新鲜空气吸够了精神也就好了,精神好了就看老周的"花园",看"花园"里忙碌的老周,看累了再吃老周递过来的咸菜包子。夜晚,老周睡在老人房间里,端痰盂倒开水,数年没睡一个安稳觉。最后一个老人寿终正寝的那年,儿子硕士毕业。老周看着温文尔雅言行举止截然不同于自己的儿子,感觉所有的苦没白吃,龇牙咧嘴的乐,脸涨得绯红,红得像菜园里的"太阳花"。

"鸡窝里活脱脱飞出一只金凤凰!"吃过他菜的人这么说着,也算回报了老周。

前些时,已冠上副教授头衔的儿子终于谈了女朋友。六十五岁的老周喜上眉梢,他做梦都在想抱孙子呢。老周给儿子说:"把女朋友带回来,喜欢吃什么我来做。"老周翻出咸菜,准备做咸菜包子,周家了不起的祖传绝活,让首次登门的未来儿媳品尝,具有历史意义。

三天后,儿子有了回应:"星期天女朋友过来。她喜欢吃西餐。"

老周一头雾水。

老周在电视里见过外国人及有钱人一手拿刀一手拿叉的累赘样。从来没想过自家的饭桌上也要演绎这一幕。

儿子说:"人家留过洋,习惯了西餐。"

老周说:"西餐怎么弄?"

儿子说:"大同小异,煮法不同,叫法不同,吃法不同。比如牛排、沙拉、比萨什么的。"

"牛排?沙拉?比萨?"

老周想,这回遇到真麻烦了,儿媳习惯西餐,那未来的孙子呢?

壶

乱作一团的村里人说朱老二家其他人呢?有人回话说已经通知了镇上做工的儿媳。话音刚落,又有村人心急火燎地跑过来喊:不得了,不得了,朱老二儿媳过村前大马路时,电瓶车与个骑自行车的老头撞了正着!

这会儿,朱老二婆娘像是痴了、傻了,盯着河面上一个飘来荡去的球,木呆呆的,哭不出喊不出,要不是左右邻居出手招架,恐怕跳河随小孙子去了。

村里人说祸不单行啊! 村人哪里晓得灾祸源于球,那个被二娘子死死盯牢的球。

朱老二有一兄一弟,老兄弟仨各自生养了一个儿子。堂兄弟三个念小学那会儿,观看了一场高年级的足球赛,萌发了玩球的心思。

大儿踢着脚下的土坷垃说:"能有个足球玩玩多过瘾啊!"

二儿踹着脚下的瓦爿儿说:"一个足球要好多好多钱吧。"

三儿凑过来说:"咱们仨谁买得起呢?"

是呀,谁买得起呢?比较来比较去,三家条件彼此彼此;比较来比较去,父母态度彼此彼此。

"看来只有自己想法子。"大儿说。

"必须想办法弄钱。"二儿挠着头皮。

"蒲公草能换钱,癞蛤蟆的浆是最值钱的了,对,还有芦花,不过,芦苇要等到秋天才开花呢。"三儿人小点子最多。

"采芦花不算费事,秋天就秋天吧。"大儿定夺。

那年秋天,泓湾沟沟岔岔的芦花全采光了,全叫贩子拿走了,一个天蓝色的排球(买错了)在朱家场院滚来滚去,在村道上滚来滚去,在村人脚旁滚来滚去,心血来潮的村人也会偶尔来一脚去一脚,一向沉闷的泓湾便有了欢腾的意思。可惜好景不长,未熬到春节,球"扑扑扑"的没了气。

大儿恨铁不成钢似的踢了球几家伙。

二儿嫌弃似的踹了球几脚跟。

三儿转过身子,将球小心翼翼捧进了自家院门。

这一幕恰巧落在二娘子眼里。二娘子朝儿子说:"我憨,你也

憨,瞧老三家的,多精明!"

"不过一个球嘛,多大点事。"儿子眼睛一翻。

"多大点事?你忘了你采了多少芦花?还有,你爷爷奶奶分家时老三家多要了一个壶。凭什么总让他们占便宜?"二娘子又说。

"什么壶?"

"壶就是壶,装水的壶。"

"咱家不也有壶。"

"咱家是咱家的。"

"可是,哥哥采得最多,哥哥功劳最大。哥哥说做哥哥的应该让让弟弟。"二儿不高兴听娘的。

二娘子闷闷不乐,好几天茶饭不香。寻到老三儿子,说:"乖侄,伯母娘家有打气筒,我顺便带过去。"

过了几天,三儿追问二儿:"哥,球呢?你外婆那边给打了气没?"

二儿指指灶屋里的柴垛说:"在这呢,我娘谎你的。"

三儿冲过去,胸脯一挺说:"我马上去城里念书了,城里保证有打气筒。"

二儿说:"你拿走归拿走,千万别出卖我呀!"

不久,城里头盘下蔬菜铺子的老三,举家迁城。三儿把瘪塌塌的球塞进书包那刻,二娘子朝儿子丢了个眼色,儿子撇着嘴说:"这么多人看着呢,要笑话呢。"

时光在一点点推移,包括二娘子,渐渐模糊了球的印记。

前几年,城里头买了新房的老三摆上梁酒,泓湾朱家有鼻子有眼睛的都过去了。

在老三家厨房,二娘子指着那把画了松鹤的壶夸张地说:"老物件就是耐用,我屋里换了几把啦!"

参观到车库时,积满尘埃的球一下子引起了二娘子的注意,兴趣不减当年:"啊呀呀这球还在呀!啊呀呀你们发财了不稀罕了,我带走吧!"

又到了一年一度农忙季节。本来准备回来帮忙的朱老二父子,因农忙季节包工头涨工资而不回来了。儿媳也说不请假了,赶货,老板开双倍工资。

"大腿是肉胳膊也是肉,有钱挣多多益善。你们一个个干脆别回了,我顶着,孙子反正会跳会蹦会自个儿玩耍了。"二娘子兴头头的,发誓要向老三家看齐的她正全力以赴朝买房目标迈进。

二娘子找出球,擦擦,洗洗,洗洗,擦擦,多亏了眼睛尖,这不,真派上用场了。

球在场院滚过来滚过去,滚过去滚过来,骨碌碌往东,骨碌碌向西。小孙子追着,赶着,小脚嘚嘚嘚……嘚嘚嘚……球滚下河的刹那间,小孙子毫不犹豫跟了过去。

孙子尸体捞起时,浮在河面上的球,忽然一蹦一跳一蹦一跳……二娘子痴呆呆的眼神着火般烧起来,嚎叫道:"孙子,孙子回来喽!孙子回来喽!"冷不防,一头向水泥柱撞去。

乱作一团的村人又开始大呼小叫:朱家其他人呢?朱家的男人呢?

购物袋

年底,新世纪商城又在搞积分兑换活动,今年活动幅度放宽,全年消费满三百就可兑换购物袋一只。别说三百,李阿姨卡上积分超过了三千。

李阿姨不差钱,退休工资五六千,老伴退休工资比她高。按理说吃不完用不完,但是李阿姨就喜欢捞便宜货,吃穿用都挑处理的打折的。李阿姨特别喜欢新世纪商城,那儿天天大特价,从鸡蛋到洗衣机,什么都有。尽管远了点,从城南头跑到城北头。

一般情况下,李阿姨不放心老公出去购物,老公不会挑不会拣,随三随四的,糊里糊涂的,不精明。

这天是兑换活动第一天。

早早地,李阿姨就等在了新世纪商城大门口,等的人很多,等的人都显得相当不耐烦,明知道八点营业,还一个劲相互探问。

李阿姨也不耐烦,一会儿看看贴在大门上的巨幅广告,一会儿伸伸腰踢踢腿,本来,正是晨练的好辰光啊。

卷闸门终于徐徐上升,一伙人一窝蜂涌了进去,一会儿又涌了出来,李阿姨看着好笑,去年不就放在大门外面兑换的嘛,今年肯定一样。

来兑换购物袋的顾客越来越多,聚集在一起,相互询问到底什么时候开始兑换。有人熬不住,跑到服务台去打听,回话说这会儿人手忙不过来,大概九点左右开始。

人群一阵骚动,很快又安静下来,毕竟看到了希望。

李阿姨提议:"排队,为防止后来人插队。"

李阿姨站在第一个,李阿姨说自己来得最早,应该排第一个。

九点过十分,工作人员出动了,搬过来几张办公桌挡在人群前面。队伍又开始骚动,李阿姨后面的女人一步蹿上来,与李阿姨站成并排,满不在乎地递上自己的卡,接过了购物袋。女人转身离开时,嬉笑着说我来得不比任何人晚呀。这当口,后面又有人挤上来,块头比李阿姨高,力气比李阿姨大,一边挤一边骂骂咧咧的,听不出骂谁,总之怪等得太久了。李阿姨被挤出了队伍,李阿姨大声喊道:"别插队,别挤我,我是第一个!"工作人员指示李阿姨把卡递过去,李阿姨踮起脚尖,工作人员又把卡扔了回来,说拿错了卡。

李阿姨只好退到一边,糟糕,新世纪商城的卡根本不在身上。李阿姨想起来了,早上整理包包时,忘记在桌上了。

李阿姨打电话让老公送来,不知怎么回事,老公没有接听。

李阿姨只好往回走,灰头土脸的,自己觉得自己霉气。怎么不霉气,脚上皮鞋虽然是打折货,却是真皮的,今天第一次穿,出来时簇簇新的,这会儿被踩了好几个脚印,鞋尖还蹭掉了黄豆大小一块皮。

老公也倒了霉,被李阿姨莫名其妙教训了一顿。手机上确有几个未接电话,老公不明白自己为何没有接听,悻悻然地,中饭没吃上几口便出去打牌了。结果,一个下午输了五百,欠着牌友三百。老公的退休工资全让李阿姨掌控着。

吃晚饭时,老公忍不住数落了几句,大意说李阿姨太会算计。算计惯了的李阿姨觉得委屈,更委屈的是李阿姨下午又去了趟新世纪商城,结果被告知今天的兑换活动已经结束,明天继续。李阿姨想想冤枉,不吃饭了,饭碗一推,出去跳广场舞。下楼梯时,一脚踩空……

李阿姨用手指敲着打了石膏的右腿对老公说:"你快去新世纪商城,把购物袋兑回来。今天第三天了。"

老公说:"你喝水怎么办?上厕所怎么办?"

李阿姨说:"我忍着。"

新世纪商城大门外面,队伍绕了几个圈。老公哪有心思排队,灵机一动,跑到商城里面,用仅剩的几个钱买了个漂漂亮亮的购物袋。

李阿姨把购物袋颠来倒去看了几遍,说与第一天的不同,卖相也比第一天好许多。老公讨好说:"去得早不如去得巧,前两天的货没有了。"正说着,邻居来串门,邻居晃着手上的购物袋说:"刚在新世纪商城兑换的,今天最后一天。"

李阿姨勃然大怒:"我说呢,老实交代!"

老公吓得不轻,唯唯诺诺的:"我……我……这就去。"

李阿姨指着被自己扔在地上的购物袋说:"怎么来的怎么去!"

当老公第二次赶到新世纪商城时,兑换已经结束。

这时,李阿姨电话跟来了,问:"购物袋有没有退掉?"

老公看着手里购物袋说:"退了。"老公是想退的,未想到要发票。哪有发票,发票当时就被自己扔掉了。

老公又说:"兑换活动已经结束,商城里面打折又开始,同样的购物袋,五折。"

老公拎着购物袋回了家,咬紧牙关说:"这购物袋非那购物袋。"

李阿姨说:"退票呢?"

老公说:"丢了。"

李阿姨气不打一处来:"丢了?你怎么不把你人丢了!我实在受不了,你年轻时就撒谎,现在还是。离婚!离婚算了!"

老公不买账,拍着桌子说:"我早受够了!"

老 乡

唐与我是一对死党。

当初,唐的男朋友是我介绍的,我的男朋友是唐介绍的,我俩同一天结婚,两场婚礼放在同一地点进行。本来,宾客不准备分彼此的,转念想一想,混为一谈的话不方便认长辈拿红包。只好划分划分,我的宾客从左侧电梯上来,唐的宾客从右侧电梯上来。餐桌与餐桌间拉根红线做界河。宾客们乐呵呵的,说这么浩大这么热闹的场面还真头一回见识。唐与我也乐呵呵的,告诉宾客们我俩是老乡,是亲亲的亲老乡。

不多久,唐下岗,我也下岗,同一天下岗。我急得天塌地陷似的,吃不下睡不香,第三天便扑出去找工作。唐呢,不紧不慢地,说:"等等,先学门技术,有了技术还愁找不到好工作吗?"

我说:"什么技术?"

唐说:"学习说话。"

我说:"不叫学说话,应该叫学语言。"

一时间,我对唐刮目相看了,唐要学语言了!我问她是学韩语还是日语还是世界通用的英语?唐说犯不着这高档,就学学本地土语,也叫方言。

顺便说一下,我们这地儿人种庞杂,方圆百里范围内竟有五六种方言。

唐有了新的工作,唐的工作是推销电瓶车,在某大卖场。

唐上班第一天就卖了十辆电瓶车,提成一百。唐简直忘乎所以了:"好卖啊,真好卖,来的都是我老乡,一个个都认我这个老乡。要是不下雨的话今天生意更加棒!"

第二天,唐又打电话告诉我:"今天又卖了十辆。今天虽然不下雨,但是来的顾客不多,但来一个逮一个,反正都是老乡。"

"其他促销员做的怎样?"我问唐。

"其他促销员还有挂零的。"唐挺得意。

第三天,唐跑过来告诉我:"今天生意不好,来的顾客不少,大多数外地的,比如来了几个东北人,他们的孩子在这里念书,他们来看孩子,顺便替孩子买辆车。可惜我不会东北方言,成不了东北人的老乡,生意被会说东北话的促销员抢去了。"

唐非常懊恼,说:"从现在开始学东北话。"

我说:"与谁学?"

唐说:"有东北话视频。"

不管怎样,唐的业绩一路遥遥领先,领先到了被同事们嫉妒的程度,同事们开始明当明拆唐的台,说唐是假老乡;说唐是每个顾客的老乡;说唐为了忽悠人,专门学的方言。

唐与同事们吵了几架,差点打起来。唐说:"你们有能耐也学啊!"唐的同事说:"这有什么大不了,学就学呗!"

唐把东北话学会了,舌头卷卷的,挺像回事。东北人却不来买电瓶车了。

有天,卖场来了个人高马大的洋人。洋人会说一两句蹩脚的

中文,唐与他打手势的当口,一个同事"NO、YES"地跑过来,两人叽里咕噜一番,洋人他乡遇故知似的,爽快地掏出了钱包。

唐气死,说:"要学英语。"一时间,我又对唐刮目相看了。

唐真的学起了英语,找我老公学的。

虽然有这样那样的插曲,唐的提成依然最高。那段时间,唐经常请我吃大餐,吃完大餐去健身房,做完运动再去做美容。

唐盯着我的脸说:"女人哪,要注意保养,不然老公变成别人的还不知道。"

我说:"我与老公是老乡,怕什么?你与老公也是老乡,怕什么?"

不过唐那帮同事也不是吃素的,开始拼命训练方言。终于有一天,唐告诉我:"不好了,不管谁来,所有促销员一拥而上,都拿'老乡'套近乎。甚至,有的顾客被吓着了,说怎么一下冒出这么多老乡?我得抓紧时间跳槽了。"

我说:"过不了多久,你的新同事们还会效仿你的。"

唐说:"到时候再说。"

唐去卖电视机了。唐说:"电视机提成比电瓶车高几倍。"

我去过电视机大卖场,看见唐拖住那些无动于衷的顾客说:"我是你老乡!我是你老乡!"

怪不得,唐好长时间不请我吃大餐了。

后来,我离婚了,唐也离婚了,像当初结婚时一样,我俩同一天离婚,放在同一个法庭。从法庭出来,我很开心,唐也很开心。唐的老公归了我,我的老公归了唐。我们直奔民政局,一起去领结婚证。

唐说:"你看看,这弄的,早知今日悔不当初。"

我说:"你看看,谁叫我们是老乡呢。"

门当户对

我娘说:"我外婆像你这般年纪时,嫁给了我外公。但那哪算得上嫁哟,是我外婆空着两拳头扭着小脚自己跑过去的。我外婆的娘不同意,称这桩婚姻门不当户不对。我外婆不听,死活不听。"

我娘看了我一眼,接着说:"我外公命凶,克死过两个老婆,我外婆一过去就做六个贼骨头的后妈,简直是奔火坑跳!我外婆的娘给气得,差点儿上吊。我外婆是贪我外公心眼好,说一个好心眼的男人不该受罪。但是后妈不好做,这些贼骨头,一个个恨不得啃我外婆的肉。我外公再心疼我外婆也难挡难拦啊,这些贼骨头到底是自己连皮搭肉的骨血啊!一年后,我外婆生了我娘。又一年后,生了我小舅。八个贼骨头,脚一伸,大大小小鞋子十六只。我外婆怕一碗水端不平,白天农事家事一样不落,夜晚纺纱织布缝缝补补。我外婆人累心更累,只撑到五十出头。"

我娘说到这,眼泪扑簌簌的。我晓得,我娘想到了自己,等等……娘还要说她娘的娘,也就是我外婆。

我娘说:"你外婆像你这般年纪时,被你细条条文绉绉的外公钩了魂。一个魂不在身的人儿怎熬得下去呢?谁想,你外公的家人不同意,坚决不同意,称门不当户不对。你外公地主出身,宅地上的房子前前后后大院小院连成片,八仙桌太师椅排成行列成队,床头床尾雕龙刻凤,女眷头插金簪,男眷遛鸟斗鸡。这一百八十杆子挨不着边沿的两个家庭,怎能凑到一块呢?也难怪了。"

我娘看了我一眼，又说："你外公家没发放一分钱聘礼不说，还硬生生把你外公外婆撵进了耳房。倒霉才刚刚开始，后来，运动一个接着一个，抄家一次接连一次，坛坛罐罐里的银元铜板你外婆未摸到一个，反而被扣上了地主婆帽子。你外公早年进过洋堂，结交过来路不明的朋友，就是这些狐朋狗友让你外公一夜之间变成了走资派。你外公被关押猪圈的那些日子，不允许你外婆去探望。说是猪圈，却是满地活蹦乱跳的蛤蟆，用蛤蟆对付一个文弱书生，也算奇招。更绝的是，把蛤蟆一只只串起来，像项链样套在你外公脖子上。在一个风雨交加的夜里，你外公终于悔悟，趁没发疯之前赶紧写遗书，找不到纸和笔，你外公咬破手指……尔后，心一横，脚一跺，一脑袋向墙头撞去……看守人员找到你外婆，说死了和尚庙还在，勒令外婆把外公撞坏的墙窟窿补上去。你外婆的心脏病、神经官能症就是那时吓出来的。"

我娘说到这，开始叹气："唉……作孽……"娘这口气，一半叹的是她自己。

我娘说："我像你这么大时，一心向往城市，把城市看作天堂，把城里人看作神仙。我的中学同学，有的是'居民户'，他们吃白米饭，穿'的确良'，哪怕考试零分，照样有工作分配。我呀，做梦都想着变成'居民户'。高考落榜后，心高气傲的我到城里食品厂包装糖果，食品厂大部分是临时工，而且都是与我一般大的女孩儿。你爸爸是正式工。你别看你爸爸现在这副样子，那时你爸爸可吃香了，城市户口，每月有肉票豆腐票供应，工资加奖金超过三位数。围着你爸爸转的女孩子，多得像'嗡嗡嗡'的小蜜蜂。我决定先下手为强，用第三个月的工资买了两张电影票，你爸爸也蛮配合，反过来请我吃了几杯菠萝汁几碗小馄饨。一来二去，我下班就留宿在城里了。你外婆得知后，追过来，要我立即跟她回家。你外婆说咱是乡下人,高攀不起,门不当户不对。后来,你外婆串通好媒人,一个个上门来提亲,木匠、瓦匠什么的,你外婆说荒年饿不死手艺人,你想咋?我不想咋呀,我只想做回城里人!我三天三夜不吃不喝,你外婆慌了。"

我娘又看了我一眼,又说:"数年后你爸爸暗病发作,你外婆说喜欢城里人的小白脸,但是不能白过了头呀,白过头就不正常了。我是无话可说,当年要是嫁个木匠、瓦匠,混到现在,起码是个小包工,总比下岗呀病退呀强百倍。"

我娘又开始叹气:"唉,你外婆呀,也只是撒撒气而已,你刚学会走路时我闹过离婚,你外婆出来捧圆场,说看在孩子分上,离什么离?"

我娘忧心忡忡的,定定地看着我:"我今天说了这么多,只是想提醒你,婚姻,一定要门当户对!"

荣华富贵

荣华与富贵赶到时,密密麻麻的人群已经聚集在政府大楼东侧,看来是想堵死官员的上班通道。

荣华安顿好电瓶车,想喊富贵站远点,万一有啥突发事件,退路快些。最近一段时日,荣华右眼皮子蹦蹦乱跳,各种办法试过,不管用,只好撕了白纸皮贴眼睑处,掉了又贴,掉了又贴。刚才从家里出来时,富贵还在笑话荣华,说荣华迷信……

富贵本来是名厂医,左手左脚中风以后,病退回家,靠扑克牌打发光阴。

不用荣华喊话，富贵已经拖着左腿向大门西侧拐去了，那儿有一排遮天蔽日的法国梧桐。

这种场合，富贵真心不想参与，这是刁民行为，富贵一向认为自己是良民，是个高素质的良民。

但是荣华要他来，老丈人要他来。老丈人说人多力量大。老丈人村里拆迁，拆迁是好事，大好事，老丈人巴不得拆，如有机会，拆它个一百回也情愿。老丈人早承诺过了，给荣华和富贵一套房子。一套房子啊，凭你富贵病退工资，几辈子的事？做梦去吧。

上班时间眼看到了，密密麻麻的人群开始骚动，像一锅沸腾的饺子。高过常人半个头的老丈人站在人群中央，指手画脚，慷慨陈词。老丈人当过兵，做过村干部，前几年村村合并时被精简出局，皆因老丈人性格豪爽、耿直、火爆。这次拆迁，涉及老丈人早年与其他村干部一起买下的村办厂大楼。那些在任村干部，得到的赔偿将是老丈人双倍。单单凭这，不足引起公愤。引起公愤的是拆迁顺利的话，奖励村干部每人一套房子，羊毛出在羊身上，谁都明白这些奖励从何而来。另外，本来说好安置多层住宅，现在改为高层，三四十层，吓人，想想吓人。更吓人的是忽上忽下的电梯，万一直通通掉下去怎么办？这些都要考虑周全，房子是百年大计啊！

藏在树叶间的蝉，聒噪得疯狂，争先恐后，此起彼伏。

树荫下的富贵，烦躁不安起来，不是因为热，而是突如其来的内急。眼前这座宫殿般的建筑，绝对没有接纳他一泡屎一泡尿的理由。他想与荣华说一声，或去寻公厕或坐公交打道回府。赶紧！

荣华是富贵当年下乡时认识的。荣华出身乡间，却是细皮嫩肉，亭亭玉立。两人偷吃禁果不几日，富贵接到了返城的通知。家人怂恿富贵甩掉荣华；老丈人怂恿荣华到富贵学医的地方，盯牢富贵,富贵吃饭跟着吃饭,富贵睡觉跟着睡觉。富贵没法,只得把荣华娶了回去。因着富贵是厂医,荣华在富贵工厂先做临时工后转正式工,要不是富贵病退及后来工厂倒闭,两人不说有多少荣华富贵,拼拼凑凑买个房子是有这个可能的。

就在富贵东张西望之际,前面大马路拐过来一辆黑色轿车。老丈人眼睛瞪得贼亮贼亮:"这车牌照我认识,要论理的人,就是他!"像得到命令般,人群以迅雷不及掩耳之势一字排开,砌成人墙。轿车见势不妙,干脆稳稳停住。人群一拥而上,里外十八层,团团围住。这当口,大马路上又拐过来一辆银灰色轿车,绕开人群,反道而行,欲从梧桐树下溜过去。老丈人反应过来,带头冲过去,边跑边喊:"我说呢,原来在后面这辆车内,妈的,玩金蝉脱壳。"

呼啦啦,人群像漩涡般卷过来。霎时间,把银灰色的车及富贵围困在正中央,密密实实,水泄不通。少顷,后座上的那个人摇下车窗,把扣在脸上的墨镜向上推了推,慢条斯理地说今天有重要会议召开,有事改天再谈。

人群发出怒吼:下来!不给个说法别想走人!

富贵又想到逃离,无奈插翅难飞。富贵拉住老丈人的衣袖说:"有话好好说,改天就改天,你们这是妨碍公务……"老丈人转过头横了富贵一眼,衣袖一甩,富贵一个趔趄,好在身边有人支撑。

突然,警车伴随警笛呼啸而来。骚动的人群骤然安静,取而代之的是紧张、恐惧,反应快的已作鸟兽散。老丈人弓下腰,从腿缝间钻了出去。富贵不想跑,富贵想警察来了正好,终于可以脱身了。

富贵被带上了警车。

小警察见富贵手脚不灵便,埋怨不在家呆着,出来闹什么事。一边埋怨一边扶了富贵一把。富贵说:"先拉我去趟厕所吧。"

撤退远处的荣华追过来,挡在警车面前。小警察跳下车,指着荣华说:"让开!"荣华说:"不让,你们抓错人了!"小警察说:"那你也上来吧。"

小警察把荣华逮了上去。

警车呼啸而去。

老丈人在后面拼命追:"荣华……富贵……"

等

"咪咪,咪咪,咪咪……"

李老太唤了整整一个上午。

从卧室到厨房,从百米开外的公共卫生间直至整条弄堂,都高一脚低一脚地唤过了。李老太还让自己白花花的脑袋抵进一个又一个垃圾桶,惊扰了一窝又一窝的绿头苍蝇……

按惯例,只需一声"咪咪",那只芦花色的猫一定会从某个角落蹿过来,缠李老太裤脚管绕一圈,头一仰,撒娇般回一声:"喵呜——"

谁也说不准李老太的年龄,哪怕是东隔壁的王伯,或者是西隔壁的陆婶,谁叫李老太自己活糊涂了呢?

老早的时候,李老太乡下的侄女经常来看看她,有一次,还带来一帮子男女老少,说是给李老太过什么生日。自那以后,李老太荒芜的院落就再未热闹过。人们没敢告诉李老太,生日不久,她侄女就死掉了,肝癌,与她哥哥同一个毛病。

更老早的时候,李老太身边有个叫"咪咪"的孙女。

孙女生下时,只半尺长,像一只病恹恹的猫。媳妇不敢碰,李老太不怕,用毛巾轻轻一裹,抱回来了。

李老太新婚即守寡,婆家人嫌她是"扫帚星"。李老太无处安身,跑到城里专门帮人家带孩子,经她带大的孩子多得数也数不清。包括咪咪的爸爸。咪咪的爸爸从小没娘,咪咪的爸爸的爸爸看上了来带咪咪爸爸的李老太。咪咪的爸爸从李老太决定嫁给他爸那天起,就对这个未来的继母没端过一个好脸色。

似乎一眨眼工夫,咪咪长成了凤凰。长成了凤凰的咪咪却飞走了,先去上海念大学,后去英国留学。紧跟着,咪咪的爸爸妈妈也飞了过去。

李老太只得对着咪咪爸爸的爸爸遗像念叨:"都飞走了,都飞走了,我这把老骨头是等不到他们回来了。"

李老太喜欢上了养猫,有事没事唤一声:"咪咪——"

"咕咕咕咕咕咕……"

今儿天刚蒙蒙亮,窗棂外的鸽棚好一阵聒噪,熬了一夜的王伯蹑手蹑脚望过去,果然是隔壁李老太的芦花猫,正凑着鸽棚,跃跃欲试,窥机相伺。

一股子恶气荡来荡去直逼王伯的脑门。

该死的猫,食胆包天,叼走了我多少羽鸽子啊!我的鸽子,羽羽精品,五小时逆风来回五百公里,为我争过多少脸面带来过多少欢愉啊!该死的猫,不仅糟蹋了我半辈子心血,还想活活气死我这条老命!

王伯偷偷抄起一根早已准备着的长棍,"呼"地打过去。猫似乎听见了棍子舞动的声音,猛一回头,身子一缩,像离弦的箭般纵身跃上鸽棚,直竖耳朵,盯牢王伯。

"扑腾——扑腾——扑腾——"

鸽子们受到了惊吓。

王伯一个跨步踏上养花的水泥礅子,甩过一棍子,击中猫一条后腿。

"喵呜——"猫一声惨叫慌不择路跳进敞开的窗口。王伯赶紧推上窗户,转身奔进屋内,反手将门关上。

"喵呜——"猫钻进了床底。

王伯趴下笨重的身躯,睁着因为熬夜因为愤怒而喷火的双眼,挥舞棍子……

"喵呜——喵呜——"

喵呜声越来越凄厉越来越凄厉,渐渐地,变成了哀鸣。

王伯瘫倒在地,气喘吁吁。

王伯的家在某高档住宅楼里,那里有他的妻子、儿子、儿媳、孙子。但王伯宁可独自一人蛰居在这简陋的小院里,只为侍弄他心爱的鸽子。

王伯把猫装进蛇皮袋,拎到城北的小河边,埋了。临了,烧了一沓纸钱。

等王伯做完这一切返回弄堂时,迎面碰上弯背屈腿寻猫未果的李老太。

"看见我咪咪了吗?"李老太张着凄凄切切的眼睛问。

"——没"。

"我咪咪没了。"

"——哦"

王伯想,假如道明前因后果,李老太仍然会纠缠不清。他转身返回自家院子,安抚安抚受惊的鸽子要紧。

李老太跌进藤椅里,呆呆盯着裤脚管旁边的猫食盆,自言自语:"咪咪你去了哪？咪咪你去哪儿了？咪咪……"

三天后,盆里的鱼,头还是头,尾还是尾。李老太打定主意,一定要等咪咪回来,咪咪不回来吃,她也不吃。

第四天,隔壁六婶去敲李老太的院门,一敲没人应,二敲没人理。六婶喊来王伯,两人一合力,门开了,藤椅里耷拉着脑袋的李老太,被一窝一窝的绿头苍蝇包围着。

王伯扛过来的纸钱,像座山。王伯跪在李老太的灵前,烧了三天三夜。

不几天,王伯搬走了。

走之前,王伯把鸽子送给了鸽友。

福 气

那天她下班回家,从电梯出来时,对门"嘎"地打开了,一个一身休闲打扮的年轻人站在她面前。

呀,好俊好帅！她在心里说。

年轻人冲她点点头:"阿姨好,以为我妈妈下班了呢。"

她笑笑,心想应该是对门人家的儿子了。

这处房子是新买的,是为儿子准备的。按她的想法,这房子不应该买,这钱应该给儿子留学用。她算是失望了,"失望"是嘴上说的,"绝望"是藏在心里面的。儿子别说留学,省城的名牌大学都没捞着,马马虎虎念了几年,未等毕业,拖着行李回到了这座城市。她打通所有人脉,遮遮掩掩说替亲戚孩子找工作。一个不起眼的事业单位向她伸出了橄榄枝,还是编外的,说编内别想,除非市长儿子。她想市长儿子不可能这副眼界呀。

对门女主人,她只碰到过一两次,第一次是在电梯里,两个女人同时按了"9",两个女人同时喊了起来:对门的?! 仅仅一眼,她就掂量出对方几斤几两来,岁月把她打磨成了一杆秤,不管男女老少,她一瞅一个准。她想自己是个聪明人,却没有生出个聪明的儿子。

在她眼里,对门那女人与她不属一个层次,少理会也罢。

后来,她在自家门口与对门女人聊过一次天。

那天刚下过雨,门前留下了一串脚印子,她蹲在地上擦了一遍又一遍。对门女人开门出来说:"别太干净啦,这地用来走路的。"

她说:"你没上班?"

"夜班。"

她说:"在哪儿做?"

"纺织厂,苦啊,十二小时!"对门女人嘴上诉苦,笑容却实实在在挂着。

她说:"你孩子呢,咋看不见?"

"儿子呀,在北京呢。"

她抬起了头,问:"念书?"

"博士念完了,还想去美国念,我们不答应。"

她站了起来,说:"为啥不答应,不很有出息嘛,真看不出,你好福气!"

"啥出息? 啥福气? 一个劲花钱,为了他我们夫妻俩都做十二小时的班。苦啊!"

她由衷地说:"值啊!"她想假如她儿子能去国外念书,她宁可

不做医生而去做十二小时的挡车工。

对门人家的儿子,待了一天就回了北京。

儿子一走,女人来敲她的门,女人站在她屋中央,这儿"啧啧啧"那儿"啧啧啧",说她房子像宫殿,说自己的屋不知猴年马月才能装起来。

她说:"我有你这么个儿子,住草屋也心甘,别身在福中不知福。"

女人说:"老说我有福气,你知道儿子这次回来做什么?"

"做什么,看看你呗。"

"看我?要钱,向我们伸手要钱。说要在北京买房子,有了房子,才敢谈女朋友。唉,眼看三十了,一样没着落。"

"给呀,这是好事。"她是真羡慕。

女人说:"拼拼凑凑给了一个首付,儿子嫌少,嫌少也没有办法,除非卖房子。儿子说房子买晚了讨不到好老婆别怪他。真正急死人,你看,这儿大白头发'刷刷刷'冒出来了。"

她凑过去一瞧,果然,才五十出头的年纪,脸皮寿斑点点,可能是夜班熬的。

她安慰女人说:"不管怎样,你儿子为你争了气,你后福总是不浅的。"

女人目瞪口呆的样子:"福?什么福?去年动阑尾手术,老公舍不得请假,我一个人躺在医院里偷偷流眼泪。现在想想,儿子就不应该去外地,留在身边的话,房子装了,媳妇讨了,我在家抱抱孙子,那才叫福气!咦,你呢,瞧你有文化又有钱,儿子肯定在国外吧?"

她不想提自己儿子,无论朋友圈还是同事圈。这几年,她因儿子而沉默,因儿子而烦恼,还差点得了抑郁症。也奇怪,面对对门这女人,她有一吐为快的冲动。

她说:"儿子有本事出国留学倒好了。三流大学,早早谈了女朋友,这会儿正与女朋友搞在一起。前几天告诉我女朋友怀孕了,问我怎么办?"

女人乐得"哈哈哈"的,说:"早生贵子早得力,你年轻轻就做奶奶了,好福气,好福气呀!"

她没告诉女人,刚刚,就在女人进屋前,她打电话通知儿子,赶快带女朋友去做人流。她要儿子重拾书本,考研究生,考公务员,在此之前,什么都免谈。

是夜,她做了一个梦,梦见一个白白胖胖的娃娃,挥舞着拳头朝她扑来。她惊出一身冷汗,翻身起床,走到佛龛前,默默祈祷:阿弥陀佛,佛祖保佑,愿我孙孙离苦得乐,福气绵绵;阿弥陀佛,佛祖保佑,愿我儿子考研成功,福气绵绵!

虔诚的身影,在幽暗的灯光之下,俨然一尊肃穆的菩萨。

秀英的两个小时

秀英一只脚刚刚跨出家门,包包里的手机又唱了起来。真要命,越忙电话越多,莫非弟媳又在催?

一大早,秀英就被弟媳的电话惊醒,弟媳说:"姐你快回来一趟,娘在医院里。"

秀英一骨碌坐起:"娘什么病?"

弟媳拖着哭腔说:"现在在急诊室,等医生八点上班会诊,你能快则快。"

秀英说:"最快八点三十的班车,十点钟抵达。我这就向老板请假。"

老板很爽快,说娘生病做女儿的理当冲锋陷阵。老板一向上路子,医保、失保、社保一项不少一月不漏替秀英缴着。就为这,秀英死心塌地帮他卖了十多年防盗门,从下岗至今。

秀英算了下,从家至客运站二十分钟,买票、检票十分钟。也就是说,八点之前,一定要从家中出发。

秀英拿出冰箱里的馄饨,解冻、蒸透,装了满满两保鲜盒。碰到这种事,谁还有心思煮饭?娘家人手又紧,爹已去世,弟弟常年在外打工,弟媳再活泛,毕竟不是孙悟空。趁解冻之隙,秀英溜到楼下称了方方正正一块肋条肉。娘就喜欢吃肋条肉,说煨汤香,红烧酥。不仅娘喜欢,小侄子也喜欢。所以秀英每次回娘家,总拿肋条肉做招牌。老公笑话秀英死盯老皇历,说如今吃肉的都是穷人。秀英想想有道理,试着空手回去了一次,也不叫空手,推来推去硬塞给娘两张红票子。临了猜娘怎么说?娘说:"傻丫头,给钱再多人家也看不见!"

秀英不打算缩回跨出去的那只脚。来不及了,真的来不及了。她叉着身子,从包包里拿出热热闹闹的手机。

秀英急匆匆一声喂。对方不急也不喂,呈上一段亲切、温馨的语音:您好,您的医保卡出现异常,将在两小时之内自动冻结。人工服务请按9。

医保卡异常?医保卡怎么会出现异常?医保卡冻结?医保卡怎么会自动冻结?

秀英不由自主缩回了那只脚。一时间,方寸大乱的秀英火急火燎按了9。

对方叽叽喳喳似是一男一女在私语,数秒后一浑厚的男中音开了腔:"我是医保中心客服人员008,请问有什么需要帮助?"

秀英说:"我医保卡什么情况?"

男中音说:"输入你的医保卡号、身份证号才能够查询。"

秀英说:"等等我去拿。"

秀英把一长串一长串的号码报过后,男中音说:"查到了,你的卡上月在异地开户,若追究的话得动用公安,动用公安的话得报案得立案……所以你必须先汇五万元保证金……"五万可不是小数目,秀英底薪一千二,加上销售提成,满打满算二千顶天。此时的秀英显然被这"五万"砸醒了,灵机一动说:"我没有五万只有五千。"不想男中音说:"五千就五千,赶快往我提供的账号打。"

"骗子!又是骗子!"秀英只敢在心里骂,骂着骂着竟骂出了声:"骗子!"嘟嘟嘟……对方挂掉电话。

秀英像热锅上的蚂蚁,转了一圈又一圈。转一圈,她恨不得扇自己一耳光:"该死,把卡号泄露给了骗子!"再转一圈,她恨不得再抽自己一耳光:"该死,把身份证号泄露给了骗子!"

秀英向老公求援,远水救不了近火的老公说:"秀英你傻得可以!"秀英说:"医保卡是我命根子!"老公说:"赶快问问医保中心,有没有后遗症?需不需办挂失?"

秀英往医保中心打电话,但是打了几次没打通。秀英想捅这么大娄子还打什么电话,不如亲自跑一趟。秀英把电瓶车开至最大挡,一边开一边抱怨这城市怎么越来越拥挤;一边开一边抱怨交通怎么越来越可恶,尽卡路口尽亮红灯!秀英被抱怨搞得满头大汗。满头大汗的秀英赶到时,队伍一眼望过去像条蛇。秀英说:"能否让我插个队,我娘在医院里?"问了也白问,一副副神情明摆着:你有事,谁没事?这年头,谁闲着?

看来傻子不止秀英一个,排在前面的那两个也在询问与秀英相同的问题。听着听着,秀英长长舒了一口气。

舒了长长一口气的秀英掏出手机:十点零五分。看时间的同时,发现了三个未接电话,都是弟媳打来的。秀英的心扑通扑通直跳……浑身冷汗津津……

那头的背景很糟糕,大呼小叫充塞着秀英的耳膜,秀英呆呆的……似乎预感到了什么,她慢慢地慢慢地蹲下身子,大难临头,她怕自己撑不住。果然,弟媳抽抽噎噎地说:"姐……姐……娘走了……刚刚……十点零三分……"

第四辑

如果不是与你相遇

叠元宝

暖阳儿绕过二婶家的竹园,攀上三婶家的楼顶,端端正正悬在一方晒坪的上空,耀着二婶三婶的脸儿、肩儿、鞋面儿。

二婶眯眯眼:"今儿天气真不错。"

三婶眯眯眼:"隔天数九,一九二九仍然像春天呐。"

二婶说:"这日子过得孙悟空翻跟斗似的,记得去年祭冬那天下雨呢。"

三婶说:"可不,就像眨巴眨巴了几回眼睛。"

二婶说:"他老三兄弟去那边有四年了吧。"

三婶说:"他二哥过去第六个年头的立夏。"

"这死鬼,不察觉快十年了。祭完冬,接过来开春,可不是叠几个元宝的事儿了。村西顾麻子,儿子才替他操办的,请了一帮戏班子不说,大到别墅、轿车,小至夜壶、口杯,扎全了,就差捎带个女人过去。"二婶停下手里的活,看着三婶说。

三婶"扑哧"一乐:"也真是,什么都舍得,独独舍不得捎带个女人,哪怕是纸糊起来的女人。"

二婶轻轻地啐了三婶一口:"怎送?怎送?咱过去了咋办?"

二婶把个精精致致的元宝又捏了捏、抻了抻,托在掌中央:"中看不?"

"中看!二婶的活,样样中看!开垄点豆、插针刺绣,样样中看的!"三婶的夸赞发自肺腑。

"么用？手巧不如脸蛋儿巧。那年死鬼从内蒙古回来，包底多揣了一双小一号的鞋垫子。纯羊毛的呢！"

三婶朝自己鞋面儿看过去，眼睛像触了电，两道眉毛抖了抖。她边把一只叠好的元宝放进二婶脚头的塑料框子，边问："他二哥，敢么？"

二婶俯下身子捡起三婶的元宝："别放错了，这是他三兄弟的银子。"又说："世上，不偷腥的猫，少呐。这死鬼，想拍瞎我眼珠子。不想，夜里掖着鞋垫子往外跑的时候，被我截住了。"

"截住了？"三婶身体一倾，脸儿热烘烘的，像熟透的橘子皮。

"截住了。"二婶又把一只精致的元宝托在掌中央。

"暖阳儿辣起来了。"三婶嘀咕一句，作势解开勒紧颈脖的一粒扣子。

"呃，你热？热就脱呗。我去趟厕所。"

二婶离开的当口，三婶把自己叠好的元宝，一个个，往二婶塑料框子移……

手　洗

趁两人都坐在桌上吃饭的当口，家林把一份早已拟好的离婚协议递到红梅的面前。

红梅看着离婚协议，表情像无风无浪的一塘清水。她说："我可以在这上面签字，但你得答应我一个要求。"

家林是心存愧疚的，他躲闪着眼神蠕动着嘴皮，声音像蚊子:"有什么要求尽管提。"家林想大不了把房子、车子、积蓄统统归你,自己净身出户。

红梅说:"我要你洗两个月衣服,而且是手洗。从明天开始。"

家林千想万想没想到红梅提了这个要求。

红梅看穿家林心思似的:"我在这个家洗了二十年衣服,你洗两个月,不过吧。"

家林与红梅是从一个村子走出来的,两人自幼擅长弄文舞墨,又一同考上了师范,毕业后携手受聘于一所实验小学。

婚后,家林陆陆续续出版了好几本文集,两部长篇小说还被翻拍成电视连续剧,收视率极高。家林因此而成名,被省作协及某畅销期刊聘为签约作家。家林觉得做职业作家的时候到了,便辞掉工作,专心创作,畅销书一部接一部流向市场。

而同样怀抱文学梦的红梅,一直是个普通的小学教师。为了孩子为了家林,红梅把业余时间统统打发在永远干不完的家务上。

一次,拿回全国征文比赛一等奖的家林,搂着红梅一本正经地说:"我要评委在获奖证书上写上你的名字,人家不同意。"

红梅笑着捶了家林一拳头:"什么你的我的,一样嘛!"

变化是从前年开始的。

前年,省小说家协会举办了一场大型文学沙龙,邀请大名鼎鼎的家林去讲课。粉丝济济一堂,一个长相颇似电影明星高圆圆的女孩,趁讲课间隙走上台去,主动拥抱了家林,索要了签名,还与家林拍了合影。

通过交流,家林得知女孩叫莫莫,今年二十三岁,是另外一座城市的健美操教练,平时也热衷于写作,经常有豆腐块刊发在当地晚报上。

莫莫对家林崇拜得五体投地,并把这种崇拜付诸了行动,除接连不断的微信问候外,常常神不知鬼不觉出现在家林身边,一来二去,两人的感情之火愈燃愈烈。某日晚,刚在星巴克喝完咖啡的莫莫攥住家林的双手说:"我俩要是天天在一起多好啊！"

家林情不自禁地一把揽过莫莫……

家林开始对红梅横挑鼻子竖挑眼,直至两人分床而卧。

相比红梅同意离婚,洗两个月衣服的要求可以说微不足道,不值一提。家林想红梅的报复手段也太别致了。

第二天正好是星期天,红梅把脏衣服扔给了家林,自己在一旁看报纸。

笨手笨脚的家林,一时间竟无从下手。他偷偷看了眼红梅,把衣服一股脑儿丢进浴缸,然后撒了一层白蒙蒙的洗衣粉。红梅哪里看得进报纸,绷着钢板似的脸皮开始指挥:"把淡颜色的衣服捞出来;把内裤分开;衬衫领子先涂衣领,净后用软刷子轻轻地刷……"家林来火了,不就洗个衣服么。但一想到红梅尚未在离婚协议上签字,就把眉低了眼顺了,一一按红梅的话做了。折腾了半天,衣服终于可以晾起来了。

"慢,等一等,先把衬衫领子熨了再晾。"红梅又发话了。

家林不解地看着红梅。

"衬衫领子就像一个人的脸面,一定要挺括！"红梅边说边搬出熨斗。

第三天,红梅把几件羊绒衫扔给家林。家林苦着脸说:"用洗衣机吧。"红梅说:"不行,那样羊绒衫容易变形。如果你的钱还没多到穿一件扔一件的程度,就老老实实用手洗。放温水,加专用洗涤剂浸泡二十分钟,特别脏的地方用浓度高的洗涤剂,然后轻轻地揉轻轻地挤。脱水后也不好直接挂起来,铺在平面上整理成原型,阴干后用蒸汽熨……"家林头都大了,怎么比构思个小说还复杂,不如送去干洗吧。红梅说:"干洗一次两次可以,次数多了就会失去羊绒衫的特性。"

为了可爱的莫莫,忍吧,家林有点咬牙切齿了。

两个月期满那天,趁两人都坐在桌上吃饭的当口,家林迫不及待地拿出离婚协议。红梅叹了口气,签上了自己的名字。

家林拿着签了名的离婚协议去找莫莫,告诉莫莫,前妻如何不择手段刁难了自己。

莫莫听完,忽然叹了口气说:"你妻子曾找过我,知道我不会洗衣服。她是担心将来没人替你打理,所以让你学会自己照顾自己的呀!"

家林愣住了。

立 春

"厂里两个大浴室,男的有浴池没莲蓬头,女的有莲蓬头没浴池。"

立春这样说时,泓湾的女人们尚未见识过澡堂,抢着问:"莲蓬头是啥东西?"

立春比画着:"莲蓬头高过头顶,靠墙竖着,上面开关一扭,就有冷水出来热水出来。"

"衣服怎么办?"这是女人们最关心的。

立春说:"脱。"

"脱?"

立春说:"反正我不脱光。那些城里女人脱得光光的,脱光不算数,还指指点点,体毛啦奶子啦什么的。"

泓湾女人一个个要臊死的样子:"啊哟,作孽,可不许你那样!"

立春笑:"放心,我不那样的。"

立春在厂里做挡车工。泓湾人说立春命好,婆婆家征地,摇身一变纺织厂大工人。

好光景没几年,河东变成了河西,河西变成了河东。纺织厂改制了,作息也改了,三班改成两班,八小时改成十二小时。立春那机修工丈夫,老油条惯了,怨气不少,准备拿一万元赔偿金开路。

立春说:"去哪?"

丈夫说:"广东,那边机会多,模具工很吃香。"丈夫技校毕业,机械方面有一手。

立春说:"太远,我泓湾娘家也有人过去的,去了去了就没影儿了。"

丈夫说:"怎会?"

立春说:"怎不会?"

丈夫搂过立春欲做亲热状,立春绯红着脸一边躲去。丈夫拍拍扣在皮带上的BB机,说我雨水跑不了。

立春仍做她的挡车工,仍去占角落处的莲蓬头。城里女人下岗的下岗、跳槽的跳槽。新来的打工妹打工嫂不像城里女人般疯,但嘴巴不说不等于肚里没货,那眼神,像X光,对不脱胸罩不脱裤衩洗澡的立春,早有了议论。

不用呼,丈夫电话自然回,丈夫先说在旅馆,两个礼拜了,仍

未找到工作。立春说找不到就打转。丈夫嘻哈着说等一万元用完就打转。又过了两三礼拜,丈夫说工作已落实,多亏遇到老乡。丈夫说想我不?丈夫说我想了,昨晚好想好想。立春有点腆。丈夫说以后电话直接打车间,课长老乡会让接听的。立春找了笔,把那号码与BB机号写在了一块。

　　一天夜里,大概过年前夕的样子,床头柜上的电话忽然响了起来,立春问:"哪位?"对方却把电话挂了,一会儿又响,丈夫"嘎嘎嘎"笑了起来。立春说:"还在车间?"丈夫说:"刚买了手机,在试,这巴掌一点大的家伙真奇妙!"立春说:"这家伙老贵老贵,厂长也买了,搁手心到处显摆呢!"丈夫说:"儿子呢?喊儿子。"立春说:"儿子做完作业才睡下,明天吧。"

　　腊月二十八,丈夫回来了,小半年光景,挣回一万多现金,与纺织厂相比,捡了部手机。丈夫说:"一年会比一年好,争取明年捡电脑,五年捡房子,十年捡车子。"

　　眨眼工夫,丈夫去广东有了年头,儿子的电脑早捡了回来,至于房子,丈夫说等等,投资要紧。原来,课长老乡一直瞒着老板接单子,东窗事发后,索性拉了几个心腹合股另立锅灶。年终分红,丈夫得了十五六万。丈夫用手指敲打着一张薄薄的卡片说:"钱都在这里头。"立春说:"不过瘾,最好让我看看十五六万究竟多大一堆。"丈夫圈着自己凸起的肚腩说:"有这么大一堆。"丈夫一把抱过立春,说:"明年这会,钱一定像我俩叠起来一样多!"

　　距明年这会还有半年,丈夫没影了。实际上,之前,丈夫已经像塘里的浮头鱼,若隐若现了,手机多数时间关机,好容易打通,丈夫说:"没关机,信号有问题。"立春说:"以前怎好好的?"丈夫说:"手机有问题。"立春说:"换个新的。"丈夫说:"信号没法换。"

　　这年春节前夕,丈夫主动来电话:"过年回不了。"

立春说:"我带儿子过去。"

丈夫说:"不在广东,陪老乡老板去国外度假。"

立春说:"那就等度完假。"

丈夫说:"再说。"

不等再说,手机已经空号。

娘家人出谋策划,让立春拨当年与 BB 机号写一块的那号,通了,是个南方口音。立春憋着普通话,对方说听不懂,立春说了一遍又一遍,普通话又说成了方言,对方说明白了,你找的这人死掉了,老早死掉了!

按好心人指点,立春找到了位于广东郊区的一处工厂,走近一看,大门刷了"拆"字。问路人,路人摇头,问附近住户,忙着搬家的住户说走啦走啦走光啦,这地皮卖了啦!

娘家人劝立春快回,孩子在家等呢。只要雨水不死,早晚会回的。

立春成了哑巴,成了哑巴的立春钻进浴室就把自己脱了光光。喜欢玩笑的工友说怪不得呀,立春那家伙一大一小呢。这一说不要紧,咦,这奶头咋回事?

立春左乳削平不多时,右乳也开始病变。这一次,立春没哭,反过来安慰候在医院签字的儿子:"是好是坏,菩萨管着!"

刚参加完高考的儿子说:"我要去广东,寻雨水这混蛋!"

雨 水

听儿子说要去广东寻狗日的雨水，正在念佛的立春从病床撑起身子："不管怎样，他是你老子！"

"是他把你害成这样的！"儿子愤愤不平。

"他做了错事，自会遭到惩罚。你好好待着，等录取通知书。你若不听，我这就放弃治疗，阿弥陀佛！"

立春身上放了个自动计数器，每日里念好几千遍"阿弥陀佛"。

不知道雨水耳朵烫不烫？

此刻，雨水正在向蓝家门口。

向蓝的房子在二十一层，一梯双户，对门空着，很是幽静。外加向蓝喜欢把通往楼道的门关得严严实实，黑咕隆咚，大白天像夜里。向蓝说这样安全。雨水笑话说蟊贼也能从电梯上来呀。

雨水狠狠一跺脚，门廊感应灯亮了。雨水看了看钥匙，没错。怎会错？这把挂了硅胶小猴的钥匙一直单独保管着的。

向蓝生肖猴，屋里摆设全是造型各异的猴。有天向蓝在医院值夜班，雨水起来打开大大小小的灯，把上百只猴子集中到客厅中央，拍了照片，传给向蓝。向蓝问为什么不睡？雨水说怕。向蓝说怕什么？我屋里没人来。向蓝与雨水一样，也是江苏人，广东没什么亲朋好友。

向蓝的老公是副主治医师，国外研修时，认识了一位比向蓝年轻可人的留学生,好上了,不回来了。

雨水说"怕"是假。

雨水想自己一个漂泊的打工仔(虽然这几年发了点小财),如今置身于这座城市的高档住宅,睡的女人不是纺织厂婆娘,而是有气质有修养的护士。向蓝在身边还好,一旦离开,不真实的感觉就愈发强烈,强烈到了难于成寐的地步。

雨水拿了钥匙重新对准锁眼,想起自己与向蓝的第一次,那次是在宾馆,向蓝哭了,边哭边说:"我向蓝只想一把钥匙一把锁,未想……"雨水说:"别想了,想不到的事多呐。"

认识向蓝之前,雨水已经搭上了一个开理发店的女人。女人带了个五六岁的女孩,雨水第一次去理发,刚坐下,女孩就往雨水腿上缠,嘴里喊"爸爸"。女人红着脸说:"这位老板别见笑,你长得跟我老公非常像。"以后再去,雨水就上了心,顺便带点小吃食,女孩乐得手舞足蹈。有一次过去,女人正在吃腊肠,说是老家寄来的,要雨水尝尝,雨水夸好吃。女人说:"坐下来喝口酒吧。"女人从床底下拿出一瓶白酒,雨水说:"女人应该喝葡萄酒。"女人说:"葡萄酒不过瘾。"女人告诉雨水,自己天天想喝酒,半夜三更时,特想。

要不是雨水患了急性阑尾炎,雨水与女人的故事不会夭折。

肚子刚疼时,雨水以为食用了不洁之物,服了几片工友递过来的索米痛片,不料肚子越来越疼,最后在车间打起了滚。

平时,雨水就待在车间。

厂里像雨水这样的小股东有好几个,股头说你们闲着也是闲着,不如去车间帮帮忙。事实上,随着模具厂遍地开花,业务日渐萎缩,一些小型企业出现了倒闭的迹象。

雨水住了一星期医院,这一星期恰巧向蓝值夜班。

阑尾炎毕竟是小毛病,刀子一下去就太平无事了。本来,雨水想告诉立春的,转念一想,鞭长莫及反惹牵挂,便捧了手机只说肚子有点不舒服。立春说:"北风飕飕的,当心着凉啊。再熬两三个月,就过年了。"

二十四小时在病房,生物钟紊乱,黑白颠倒。雨水看见向蓝孤零零坐在办公室,就钻了进去,七聊八聊的,原来两人是隔着长江的老乡,向蓝求学的医学院就在雨水那座城市。雨水说:"你爬了那座著名的山吗?"向蓝说:"爬了!"雨水说:"你游了那条著名的河吗?"向蓝说:"游了!"雨水掐指算了算:"说不定你爬山时我也在爬,说不定我还看了你一眼呢!咦,你怎么跑到广东来了呢?"向蓝说:"比自己高两届的老公是广东人。现在想想,唉……"

"你们离了吗?"

"没有,他们家不让。"

"你怎么想的?"

"我能怎么想,我……我不能生育了,都是他害的,不过他家里不懂。"

出院后,雨水三天两头约向蓝,看电影,喝咖啡,下馆子,不到过年,两人已经如胶似漆,难舍难分。

直至一个月前,向蓝说要出去学习一趟。向蓝提拔护士长后,应酬明显增多。

雨水说:"老规矩,我住回自己宿舍去。"

雨水天天打电话,雨水问:"在哪?"向蓝支支吾吾的。雨水问:"什么时候回来?"向蓝立即岔开了话题。

大概过了二十天左右,一个要好的兄弟说看见向蓝了,千真万确,向蓝在某银行门口。

雨水马上拨电话过去，直截了当说："今晚为你接风。"向蓝没吭声。

随后几天，雨水电话打了又打，向蓝不接。雨水找到医院，对面碰到向蓝，向蓝像个陌生人，头一扭，跑开了。

显然，门已经换了锁。而且，向蓝就在屋里。

雨水没乘电梯。

雨水打开通楼道的门，一步步往下挪。中途，他坐在楼梯上打了个电话给股头，股头说："怎么决定离开广东了？想家了？没记错的话，你大概五六年没回家了。"

八　哥

凌晨，六叔对着西天的月亮笑了。星星也在笑，眨呀眨地；玉米也在笑，"沙沙沙"地。倒是一切生灵，了无声息。

夜色真好！夜色真美！

流言像瘟疫，蔓延全村。

六叔的兄弟姐妹指着六叔说：痴人，小寡妇是在骗你的钱，她身上的衣服、脖子里的链子、手上的戒指和墙上的液晶电视，都是你的钞票，别越蹚水越深，当心儿子找你算账。"话音未落，儿子果然怒气冲冲地回来了。

儿子说："熬不住了？"

六叔说："奇怪，只许州官放火不许百姓点灯。"儿子发了点小财后，就开始搞七搞八。

儿子说:"我什么年纪你什么年纪?存款呢?拿我看看。"

六叔说:"这是我的养老钱。"

儿子呸了一口:"只怕已经养了别人。"

六叔说:"血口喷人!我死了你才高兴!"

儿子又呸了一口:"自己作死!你死不了,叫你死也死不了!"

六叔脸色铁青,顺手捡来一根绳子,用力朝儿子脚下扔去:"不如勒死我,好找你娘去!"

儿子说:"瞧瞧,寻死作活的,钱被诈光了吧。我当年贷款做生意、孩子上学从没向你伸过手,只希望你日子过舒坦。但是,你现在的所作所为……"儿子转身跨进堂屋,面对六婶遗像,双膝跪地,号啕大哭。

后宅三爷转了过来,对着六叔,一副幸灾乐祸模样。

六婶在时,六叔经常笑话三爷,说三爷为老不尊,动不动去钻女人被窝。三爷气闷过:"饱汉不知饿汉饥,没轮到你自己。"

六叔佝偻着腰身,蹒跚着朝楼上爬去,房间里还有一大把安眠药,先前困不着觉攒下来的。去吧,六婶等着呢。

六婶去年走的,脑溢血,哼都未哼一声。

六婶刚走那会,儿子不放心,天天从城里赶回陪六叔。六叔对儿子说:"你们白天忙生计,早晚奔波数十里,别累垮了身体。我能吃能喝样样好,你们安心待在城里别管我。

另有话留在六叔肚皮里:你们回来,我还得一脚高一脚低饭菜侍候,害我打牌不定神。

六叔喜欢打牌,日日打到天黑。

天一黑,六叔就感觉日子难熬,太难熬。六婶在时,没在意,儿子在时,不在意,现在在意了。在意了的六叔就犯恍惚:六婶仍在与自己玩捉迷藏,一会儿在楼下厨房里,一会儿在隔壁卧室里,六叔楼上楼下一间间看过去,直至看见厅堂里六婶笑眯眯的遗像,不禁长叹一声,倒头而卧,极像搁在沙滩上的鱼。

村东头的小寡妇放过言:谁供她女儿念书跟谁好。

害就害了那个梦。

某晚,六叔梦见小寡妇坐自己身后,两条胳膊箍桶样搂紧自己的腰。六叔热血澎湃,扭身去摸小寡妇脸颊,不料,电瓶车随之倾倒,六叔伸出右腿用力一撑,把自己撑醒的同时,发觉裤裆里的老伙计又神气活现起来。

六叔横竖睡不着了,起身跑到阳台,头顶上的八哥窸窸窣窣一阵响动。这八哥是儿子送给六婶的,六婶在时,它天天喊:早上好!吃饭了!睡觉了!现在,一副垂头丧气的模样,任你怎么逗,不声不响。

六叔想自己原来与八哥一个样——傻。

六叔决定去村东头。

小寡妇仍住在平房里,钞票全叫死鬼老公看病看光了。

六叔口袋里揣了五百元。这是起步价,也是敲门砖,不能多亦不能少。少了,自己给自己难堪;多了,更是自己给自己难堪。十个五百,不就五千,退休金二千出头,超支,得抠老本。小寡妇的女儿才上大学一年级,一学期一万的话,起码六万。

六叔蹑手蹑脚接近,窗帘上的光亮忽明忽暗,是电视机的反光。敲门? 敲窗?

六叔决定敲窗。

"笃——笃——笃——"六叔小心翼翼。

"谁呀?"压抑中含着警觉。

"我。"六叔屏声敛气。

窗帘上人影在晃动:"你是谁?"仍是压抑,仍是警觉。

六叔凑近窗缝:"六叔。"

窗户开了一条缝:"这么晚了,什么事?"

有苗头。六叔心头一喜,趁机把展成扇状的票子塞进去:"快,别让人看见。"

六叔迷恋上了夜色。

六叔穿行在夜色中,自以为神不知鬼不觉。

到底谁救了六叔?

一说忽然开声的八哥;另一说三爷。

三爷在自家屋里开设赌场。

那天只开了三桌,另一桌"三缺一"。三爷点点人头,发现少了六叔。

三爷成了孤家寡人后,也犯失眠症,夜里比白天清醒,安眠药不管用。有一天三爷家里来了几个人,三爷却呼呼呼打起瞌睡来,大白天的,越睡越香。有了这经验,三爷就吆喝人马摆赌场。三爷把赌场安顿好,就开始打呼噜,人越多呼噜越厉害。

三爷当然要去喊六叔,两人磕归磕,碰归碰,一天不照面相互搁不下。

六叔家楼上楼下门窗紧闭。三爷留心了,六叔昨晚没出去。

刚与儿子大闹一场,也不可能出去。三爷想。

三爷大呼小叫地,冲着六叔阳台。

八哥忽然吵了起来:死了!死了!死了!三爷知道这八哥会说道道,六婶在时,八哥也喊过"三爷"。

三爷飞起一脚,踢开门,往楼上冲去……

六叔直接去了县城医院。儿子过来时,六叔已经苏醒。

儿子说:"以后就待城里吧。"

六叔说:"不放心八哥。"

儿子说:"八哥也进城。"

六叔说:"你娘离了八哥会冷清。"

鱼 儿

她决定去见见网友,认识半年了,该聊的不该聊的都铆足了劲儿。挺远的,得坐大半天火车。

抵达目的地时,已近黄昏。网友与她说好的,谁先抵达谁联系住宿。

火车站出口处,她又发了信息给网友,等待回复的当口,她看着川流不息的人群发了一阵呆。发呆的当口,被人撞了一下,结结实实地,她一个趔趄,手机差点从掌中飞出去。她转过身,是个男人,男人停下步子深深鞠了一躬,嘴里一个劲说对不起。男人抬起头来时,她愠怒的脸"扑哧"乐了,男人留了一撮小胡子,精精瘦瘦的,像某部电影里的日本演员。

网友的信息来了,说还有一个小时才能抵达。她回复说去找住宿的地方。网友马上递过来两根竖直的手指。

半年前,为了摆脱孤寂摆脱烦恼,她走进了一个胡同论坛,认识了网友。似乎是前世的约定,两人相交甚欢,话题似从狭窄的浅水区迈入辽阔的深水区。他们都觉得对方是条游来游去的诱人的鱼,他们想捕捉鱼。

网友说:"我从我所在城市出发,向你靠近一千公里;你从你所在城市出发,向我靠近一千公里,中间点会合。"

火车上,她发过去一组自拍,网友要求的。她觉得自己状态不错,可以说神采飞扬,完全从那场失败婚姻的阴影里走了出来。

半小时前,网友就候在了出口处。

网友就在这座城市打工。千里之外的老家,除了两间破屋,早已没有可牵挂的人事。老婆走了,带走了唯一的女儿。网友不怪老婆,只怪自己当初深陷传销组织不能自拔。

网友躲在柱子后面,一眼认出了身着灰色裙装的她,确认她没照片上白,没照片上瘦。网友还看见她被一个小胡子男人撞了一下,网友觉得她笑的样子没有聊天时可爱。网友跟在她身后,直至她跨上一辆天蓝色出租车。

数十分钟后,她发信息给网友,告诉他宾馆的地址。

网友稳笃笃的,去吃食摊要了一碗面条。这几年,网友处过不少女网友,这些女网友都挺主动,隔江跨海要求见面,网友一次次心跳加速,以为她们奔主题而来,结果呢,都是绕开主题要吃要喝要穿要玩,一次次掏空他的钱袋子。

网友比预定时间提前一刻钟来到宾馆。

网友对她说:"你与照片一样年轻漂亮。"

她有些害羞。

网友说:"你得洗个澡。"

她说:"洗过了。"

网友说:"再洗一遍,鱼儿离不开水。"

她真的又洗了起来,诚惶诚恐地,努力使自己像条鱼的样子。

网友说与她一起洗。

网友掩上卫生间的门,说把衣服脱外面去。

她闭上眼睛,等待捕捉与被捕捉,等待冥冥之中该发生的一切。

她觉得时光过去了千年。

她裹了浴巾,看起来,白色的浴巾使她白净了许多。

她推开卫生间的门。

她的第一反应是网友替她买吃食去了。

她打网友手机,关机。

再打,还是关机。

她瑟瑟发抖,好容易穿戴整齐。却见搁在床头的小挎包敞开着,伸手一摸,钱包没了,包括钱包里的返程票。

她像被流弹击中,一下子瘫坐在地板上。不过她脑子还算清醒,想不能哭天喊地,得赶紧去找,他跑不了,肯定去了火车站。

灯火通明的火车站像白天一样,依然人流如织,她找遍候车厅角落,没有网友的影子。她去售票处打听了,夜里没有开往网友所说的那座城市的火车。

她开始绝望,眼泪熬不住淌下来。

围过来一群人,七嘴八舌地,好奇地问她怎么回事。

她只顾哭泣。

人群失去了兴趣,又各自散去。

令她吃惊的是小胡子男人又出现在她面前,小胡子男人说:"怎么还在这里?"世上还真有如此凑巧的事,小胡子男人也是千里迢迢看网友来的,网友却临时变卦不肯露脸了。小胡子男人无所谓,权当旅游了一回,兜兜风喝喝酒,完了来蹲守候车厅,准备明天返程。

她摇头。

小胡子男人说:"吃饭了没?"

她这才想起来自己一天没吃东西。

小胡子男人说:"走,带你吃饭去。"

她觉得小胡子男人特实诚,说:"我没钱。"

小胡子男人说:"有钱的话你不会哭。"

小胡子男人把她带到一个小饭馆,点了一份饭一份菜。等她吃完,小胡子男人说:"一起去候车厅,替你买明天的返程票。"

她说:"你相信我?你不怕上当?"

小胡子男人说:"你狡猾的话不会沦落异乡街头。"

她说:"急糊涂了,宾馆的房还没退,不住白不住,一块去。"

小胡子男人说:"你不怕?"

她说:"你是个好人。"

小胡子男人确是个好人。

天亮,小胡子男人把她送上了开往家乡的列车。

妹 妹

我发现来敲对门的人实在是多,都是一边敲一边喊"沈总!沈总!"那叫沈总的男人,架子实在是大,从来不送客。那些人还真贱,明明知道沈总没在屁股后面跟着,还自说自话:"沈总留步!沈总您留步!"

沈总喊女人"妹妹"。不像多少亲昵的样子,可能女人的名字就叫妹妹。

妹妹特别爱漂亮,一年四季不穿裤子,只穿吊在大腿根的裙子。妹妹的头发也短,齐刷刷竖着,量量只有寸把长。不过,妹妹把一小撮刘海留成了三寸长,这一小撮三寸长的刘海,一绺儿草绿色,一绺儿酒红色。另外,我怀疑妹妹是开首饰店的,不说别的,光黄黄白白的戒指就套了五六枚。

妹妹似乎比沈总忙,一边上下楼一边打电话,说得最多的是昨天输掉几千几千,你们得请客。或者,改天去我朋友的酒店,麻将房现成的。

当然,我看到和听到的,远远不止这些。

请不要误认我有某种嗜好,要怪就怪那宗"白日闯"。

三年前,我遭遇了"白日闯",各款细软被一扫而光之外,一把清朝的紫砂壶也被识货的蟊贼挟裹而去。说真的,我当时撞墙的心思都有。据楼里住户事后诸葛:"白日闯"那刻,对门妹妹在屋里。

这妹妹,太令人寒心,与我门对门十来年,从未打过一声招呼,面对面碰到也不打。

不打招呼也就罢了。难道,两扇铁门两把防盗锁,蟊贼没弄出一点点动静?不打招呼归不打招呼,邻居家来了贼,也可以无动于衷?

我气昏了,大病一场,工作也丢掉了。后来总算康复,康复后不高兴寻事做了,跑了个张蟊贼,说不定再来个李蟊贼。

我凑着猫眼候了三年,没发现蟊贼,却看到了许多不该看到的。

那天,反正不是星期六也不是星期日,反正那天楼道里异常安静。正是午睡的大好时光,对门忽然传来开锁声,确切地说,是钥匙与钥匙相互撞击的声音。朦胧中,我条件反射般从沙发弹起,踮起脚尖凑近猫眼——是沈总。

沈总没有像往常那样进屋就将门关严,而是留了一道缝。看得出,他留得很仔细很小心。就在大门欲掩未掩当口,沈总的眼镜片儿对着我家的猫眼闪了闪。

直觉感真是个要命的东西,就这么一闪,给了我某种预示。

果然,不到两分钟,两条白皙、匀称、圆润的小腿出现在我视线里。与之相匹配的是一款小巧如菱的乳白色细跟皮鞋、一袭抹胸紫色连衣裙、一头乌黑及腰的发。女人看美女,就像鸡蛋里挑骨头。眼前这枚鸡蛋,无懈可击。

美女像条鱼一样从轻启的门缝里滑了进去。

后来,美女又来过好多次,每次,都让我的脚踮得发酸才离开。

我对妹妹实在没好感,要不然,同样身为女人的我会尽尽妇道,发出点暗示或警个醒什么的。

相反,我有点幸灾乐祸,我盼望妹妹突然撞回来,我要看看妹妹是什么反应。会不会气疯?崩溃?离家出走?

可惜,这样的场景一直没出现。

妹妹一如既往来去匆匆,打她的牌搓她的麻将。

大概从今年年初开始,对门一下子变得冷清起来。犯闷的当口,对门发生了大事儿。那天,忽然来了一拨人马,为首的几个还穿着制服,他们把对门的门给贴上了封条。

一拨人马刚下去,楼里的住户涌上来,七嘴八舌,拼拼凑凑,又新鲜又闹猛。

原来,沈总开着一家融资公司,说白了就是民间高利贷,红火时链条挂数百人,融资额超亿。这些钱,被他以持股的形式与台商合作,打造什么世界服饰城去了。

也算他倒霉,服饰城工期不到一半,房市提前进入寒冬,铺天盖地的广告也诱不来一个投资客。台商窘态愈显,去年底,出现资不抵债的局面。树倒猢狲散,沈总准备溜之大吉,但是非常不走运,未出国门,就被逮牢。

沈总逃离前夜,妹妹先行一步,拎着几箱子衣物下楼去了。这个镜头我倒亲眼看见,当时还以为妹妹出门去旅游。

据说沈总有过一段短暂的婚姻,前妻是妹妹的姐姐。当年沈总与前妻恋爱时,就看上了未来的妻妹子。

前妻断气那会儿,妹妹正落单,她是黑社会老大的前任,那人因失手被判了无期。

妹妹晓得沈总水性杨花。从男人堆里滚过来的妹妹,对一纸婚姻无所谓,对男人更无所谓。

妹妹一直无影无踪。外界盛传无牵无挂的妹妹隐身在江南某寺庙,说该寺庙奠基时,妹妹一下捐了好几十万。

没有人吃饱了撑的去追究真假。不过有天我去江南进香时,看见一个像极妹妹的尼姑,尼姑灰布衣衫,灰色鞋袜,男式平头。看见我,低下眼睑做了个双手合十的姿势。我轻轻喊了声"妹妹",她双目像擦着的火柴,瞬间一亮,随即黯淡下去,微微躬身道:"施主吉祥。正悟有礼。阿弥陀佛!"

阿弥陀佛!

如果不是与你相遇

上礼拜二,他没有来,说这次工程出了点问题,还得在外地待几天。

她把自己精心侍弄的菜一一摄进手机传了过去，一并传过去的还有身着白底草绿碎花旗袍的自己。

这件旗袍，是他看中的，金鹰国际，九百元人民币。她搂着他腰撒娇："陪我去买嘛。"

他说："不行。钱你拿着。"他从皮夹抽出一千元。

穿上后，他说："果然适合你，像株水仙！"

她扭着腰说："不要做水仙。"她把自己变成一只快乐的小鸟，一下一下啄着他的脸颊他的颈脖说："衬着楼下景致，替我拍照留存嘛。"

他说："不行，就在这屋里拍。"

这是三年前的场景。

三年前，她终于摆脱前夫。他呢，本来也说离，后来说不能影响孩子高考，后来又说老婆身体不好，不能叫人戳脊梁骨。要不，再等等，等等再说。她想说，我是想与你长相厮守才离婚的；她又想说我闹离婚我孩子不照样进了大学。但是，还没等她说出来，他接着又说了："以后，每逢礼拜二，我去你那。"

从此，她把礼拜二当成了他与她的"节"。

欣欣然的她总是早早起床，先做面膜，她做的面膜叫"三明治"，当然不是那种吃的三明治。一层玫瑰焕白保湿膜，一层芦荟原液隐形膜，一层茉莉滋润膜。这样一来，脸蛋一整天白白嫩嫩的，同时还有伴随她一整天的玫瑰、茉莉的清香。她见过他老婆，大卖场，他与老婆推着购物车缓缓而行。她一激灵，躲进丛林般的服装之间，足足窥视了一刻钟。当她确信他老婆无论身材、肤色、气质都逊于自己时，她窃喜他不离往哪里跑？事实是，他至今守着这黄脸婆，虽然说起来他与老婆早已不沾不染。

面膜做好,便去超市。她是营养师,坚信食补胜于一切。随他喜欢的基础上,再往红烧童子鸡里丢两颗枣,排骨汤里加两片参。想想前夫真正好笑,他不止一次指着她鼻子说:"有我伺候着,你不知油盐柴米贵,以后,看你有好日子过?!"她妈妈不仅帮腔前夫,还怂恿前夫不要在离婚协议上签字,说什么按道理早该抽她耳刮子了,让她醒醒,别身在福中不知福!前夫是外科医生,涵养使他自始至终未对她动过一根指头,也自始至终不知道"他"是谁。奇怪的是,离婚后,她迅速进入了主妇角色,连她自己都纳闷上手怎么这么快?

一眨眼,这角色已经扮演了三年。

这礼拜二,他应该来。问题是,他一直没给明确答复,说:"外地工程总算结束了,不过,单位里又忙了起来。忙!太忙!"她说:"不至于晚上也要加班加点吧。"他含含糊糊说:"估计不会吧,应该不会吧……"她忽然感觉,他与她之间,电力不足了。就像她屁股底下的电瓶车,一旦不充电,就会减速。不过她自觉她与他间不存在充没充电的问题,而是哪方出了故障的问题,肯定的。两个礼拜前的那次,他匆匆应付了一下就称有事离开了。还有像三个礼拜前的那天,她一边往他嘴里塞樱桃一边说:"要买个'时来运转'挂件。"他说:"你不有啊?你不挂着吗?"她说:"要个有自己生肖的那种。"他说:"等等,暂时手头紧。"以前,无论她提什么要求,他总是满口答应的。这般思来想去,她竟然失眠了。

想法归想法,猜测归猜测,她仍像以往礼拜二一样,忙了一下午菜,尔后,画了眼影,涂了口红,把盘起来的头发又放了下来。本来穿那件粉色睡袍的,镜子里照了照,又换上了白底草绿色碎花旗袍。

六点半了,他还没出现。以前她问过他许多次:"你礼拜二晚上六点至十点老挂空挡,老婆没异议？"他说:"我跟老婆说我忙啊,为了养家活口我得挣银子啊！"她听了,蜷缩在他怀里"咯咯咯"直乐,一边挠着他腰一边说:"你去忙啊,去挣你的银子啊！"那一刻,她觉得自己简直幸福透顶。就算他不离婚,这样不也蛮好。假如哪天真走到一起了,会厌会倦也不好说。

七点了。七点到了他怎么还没有来？她不在微信上弄来弄去了,直接打了个电话过去。他说:"你好！抱歉,老丈人摔坏了脑子,在医院里。有事再说。"

你好？抱歉？有事再说？

多么礼貌多么客气多么无可挑剔的措辞,搁在这炎热的黄昏里,却如一道凛冽的寒流直抵心底。

她一头扎向那张宽大的此刻应该供他俩缠绵的床……泪眼蒙眬中,她给他写了一条信息:如果不是与你相遇……

相　亲

祖父与祖母从未红过脸。

祖母说:"吃饭。"

祖父说:"吃饭。"

祖母说:"穿衣。"

祖父说:"穿衣。"

祖母说:"今儿个天气真好！"

祖父说:"今儿个天气真好！"

祖母说:"今年的凤仙花特别特别招摇特别特别惹眼!"

祖父说:"今年的凤仙花特别特别招摇特别特别惹眼!"

我一高兴,就去搂祖父脖子,贴紧祖父耳根子说:"你咋全听奶奶的?"

祖父说:"男人就得听女人的,不听你祖母听谁?你祖母美呢,是十里八乡的大美人!"我看看祖母,想要说什么,祖母伸手拧一把我的腮帮子。这是暗号,祖母暗号一发出,我就知道我该噤声了。可是,我实在熬不住,我说:"祖母怎么个美法?"

"我相亲那天,你祖母乌云绾髻,面若桃花,目如秋水,唇似樱桃。挑挑个,柳枝腰,筛子臀,三寸金;袅袅婷婷,婷婷袅袅……"

我朝祖母那张撒了麻雀粪蛋的大饼子脸嘻嘻一乐,祖母又一伸手,腮帮子有点疼。

祖母扭转水桶腰,说:"干活去。"

我神神秘秘地说:"爷爷,我告诉你……"

祖父神神秘秘地说:"相亲那天,看的是你姨婆。你外老太爷看中我家百亩田地,十座瓦房,仆佣成群,况且你祖老太太拿了百丈织锦、十担米面作的聘礼。"

哦?姨婆?姨婆我最喜欢啦!姨婆最喜欢我啦!她一来,围兜里少不了红薯干、胡萝卜条;她一来,就冲祖父喊老哥老哥我亲亲的老哥哎!可惜,姨婆走得快,走时,祖父为姨婆念了七七四十九天经,敬了七七四十九枝香,点了七七四十九根烛。我还看见祖父流眼泪了。祖父不承认,说被香火熏的。

祖父叹了口气说:"女人怕只怕红颜薄命。也怪你外老太爷嗜赌成性,输光了百丈织锦,十担米面,心一横,又把你姨婆拿去当赌资。十里洋场的汪洋大盗适时奉上两根金条,娶走了姨婆。

洞房花烛夜,那大盗与你姨婆仅仅同床共枕了一个时辰,大盗心毒,却惧怕正室,保证与姨婆只开花不结果。把你姨婆熬的,人比黄花瘦,泪像珍珠串。谁想三年后,大盗遭到同道暗算,没来得及留下一字半句。即使有,你姨婆同样一袖管清风。你姨婆拎着唯一的嫁妆———一只皮箱,回来了。你外老太爷不但不怜悯,想再一次把姨婆当成筹码,姨婆以死相抵,投奔了水月庵。"

水月庵是我儿时的天堂。

两间藏在树丛里的草屋,被姨婆收拾得整整齐齐、清清爽爽。姨婆指着屋前一棵棵开满花的树说:"为何要长,又结不出什么果子,倒祸害了这片田地,看把红薯秧子玉米苗子欺负的。"转过庵,便是一条河,其实也算不上河,顶多沟。河水特别清澈,映得见游来游去的鱼、虾,映得见我的、祖母的、姨婆的脸庞。姨婆说,有月亮的夜晚,水里月亮要比天上月亮圆。

忽有一天,姨婆肿胀的身躯浮现在小河里,旁边余了一只采了棱角的木盆。公开的说法,水月庵不吉利,加上姨婆,三任尼姑同样莫名其妙淹死在这条小河里。从此,水月庵变成了鬼庵,一盏盏磷火一团团白影于风雨之夜在树丛间飘过来荡过去。

另外一种掖掖藏藏的说法有点……有点……是有关祖父的,说祖父经常背着祖母去庵里,说姨婆一会儿笑一会儿哭……

这就奇怪了,难道,相亲那天,我那大美人姨婆,看上了双目失明的祖父?

更奇怪的是,我祖父的心怎会镜子似的?

心似镜子的祖父如何把自己遮盖得严严实实,让丑陋的祖母幸福了一辈子?

第五辑 瘤子

修车纪

"修车纪"的前身是"小纪修锁"。"小纪修锁"的前身是"小纪水果"。那时小区管理松懈,可随意摆设摊点,小纪和老婆一人一辆人力三轮车,拉来各种时令水果,就地铺开。小纪的一手好字在一摊红绿黄紫中脱颖夺目,字写在一方小黑板上,随心所欲,即兴发挥,一会儿"小纪水果,嘎啦蹦脆,甜甜蜜蜜,吃了还想";一会儿"小纪水果,比老婆熟,比情人甜,比小三有味"。时而隶体,时而宋体,叫人联想"艺术"的同时忍不住开怀一乐。

还有更"艺术"的是小纪那一把略微自来卷的马尾,比女儿的长,比老婆的蓬松,三条马尾凑一块,呵呵,数小纪那条气质。

小纪身材颀长,脸型消瘦,黑,却轮廓分明,眉头吊吊呈正八字,嘴角翘翘呈倒八字,幽默感十足。偷闲时,坐在水果框上的小纪高翘二郎,头戴耳机,用只有自己能意会的节拍晃动着翻翘的皮鞋尖尖。哦,对了,小纪对尖头皮鞋情有独钟!

风吹日晒苦是苦,倒是自由,银子并不比工厂少。女儿一路读下来,硬件、软件并不比别人家孩子差。要不是"创卫"……

小纪知道"创卫"是大事,是政府的事,好说歹说让老婆先撤,自己不摆摊了,直接就着三轮车卖,一有风吹草动,立马开溜。小区纵横交叉的道道,小纪自忖比城管来得熟悉。小纪假设城管是敌人,想好了敌退我就进、敌进我就退,想好了《平原游击队》的作战模式。未想有人举报了小纪,举报者也是个练摊的,刚刚被缴了秤缴了三轮车。

一天,小纪像以往一样拉着水果吆喝,冷不防围过来一拨穿制服及不穿制服的人马。小纪想到了有包围就有突围,不料在突围过程中人仰马翻,水果七零八落不算,箍马尾的橡皮筋也不知所踪。于是涌来好多围观者,那个举报者也在。奇怪的是,披头散发、紧抿着嘴巴的小纪赢得了所有人的同情,包括举报者,包括穿制服与不穿制服那一拨。

大概从那天开始,小纪放弃了三轮车,捡了张歪歪扭扭的书桌,挨在小区一饭馆墙根处安顿下来,小黑板刷上了新内容——小纪修锁,技术精湛,锁厂员老,包修包灵。有心者打量着问:"你?"小纪把躺在胸前的马尾用力往后甩去,咧开豁了一颗门牙(突围时牺牲的)的嘴说:"牛皮不是吹的,黄河不是尿的!"

一次不成功的突围,让小纪成了人物。闲散的人们喜欢聚在小纪那把黄不黄灰不灰的遮阳伞(也是捡来的)下面,聊男人与女人,聊彩票与股票,聊车祸与逃逸。热热闹闹,人气极旺,相反生意清清淡淡。小区南门北门各来了一个修锁匠,都说从锁厂下岗的。小纪过去看了看,知道那两人都在说谎。小纪不忍揭穿,小纪想自己快熬到退休了,人家还年轻呢。

倒是自行车、电瓶车源源不断推过来,问小纪修不。

小纪一拍脑门:对呀,为啥不兼修车补胎呢?

小区男女老幼没有小纪不熟悉的,小区男女老幼没有不认识小纪的。小纪不好意思讨价还价,街上补个洞四元五元,到了小纪这,随便,随兴,一元也好,两元也行。小纪一律拱手作揖,连声道谢。

小纪拿到退休工资那天,把退休证黏上了小黑板。大家都说退休了可以歇歇了。小纪瘪着腮帮说习惯了。

接着,小纪在小黑板打出广告:为答谢众邻帮衬,每年三月五日当天,举行全小区范围内的免费修理活动;每年九月九日,为六十岁以上老人举行免费修理活动。

那两个日子,小区内像赶集,小纪摊位前人来人往,川流不息。

抱着孙子的老婆一脸不乐意。小纪说:"你别不高兴,没有咱年复一年的修,就没有咱宝贝孙子!"众人逗着小纪孙子,说这么好的孙子肯定是修来的。七嘴八舌的话让老婆紧绷绷的黑脸乐成了花朵样。

饭馆老板佩服小纪举措,建议把小黑板撤走,词儿直接漆饭馆墙上。小纪欣然,决定采用方方正正的楷书。

花甲小纪一抛马尾,挥毫落迹——小纪……

老婆嘴一撇:"切,眼看七老八十了,还小……老不死!"

小纪看老婆一眼,说:"擦了重来。"

老纪……

小纪歪斜着马尾,琢磨来琢磨去,老气横秋不说,缺少艺术韵味。

小纪忽然想起孙子的名字,何不模仿孙子,把"纪"颠到最后——修车纪。

许 仙

大清早,许仙打电话来问:"有没有律师朋友?"

我说:"怎么啦,要打官司吗?"

许仙说:"电话说不清,过会儿面谈。"

此许仙非西子湖畔那个外表英俊、眉清目秀、衣袂飘飘的书生许仙。

此许仙五短身材,脸膛黑红,喜欢穿藏青保安服,保安服很是破旧,许仙说捡来的,捡来时九成新呢!许仙脚上灰蒙蒙的皮鞋也是捡的,许仙说名牌呢!许仙住所塞满名牌:松下电视、西门子冰箱、格力空调……

先是,许仙孤身一人来到这座城市,走巷串户吆喝收废品,时间稍长,人头稍熟,便把目光瞄准大客户。

比如我所在的药品大卖场。

一天,卖场吸顶灯坏了,我正颤抖着两条腿往梯子上爬时,许仙不知从哪窜出来,说:"娘子家家的爬高危险。"我们这里,称已婚妇女"娘子"。

原来,许仙早盯上了我,他在卖场转悠不是一天两天了。

许仙爬梯子的当口,告诉我他叫"许仙"。

我说:"哪个'许'哪个'仙'?"

许仙说:"是白娘子喜欢的'许仙'。"

吸顶灯修好后,许仙一头钻进卖场卫生间,许仙牛皮没瞎

吹,三下五除二,滴滴答答的抽水马桶修好了。

这往后,卖场源源不断的药品包装纸盒自然归了许仙。

许仙用同样的方法取得了其他大客户的信任,而且都是娘子。

一次卖场搞周年庆,需往高处挂灯笼,我想起了许仙。许仙赶来时,眉毛胡子雪雪白,许仙说:"正在替重新装修的饭店刷墙,报酬是一三轮车拆除下来的废品。"许仙神气活现地问我:"外贸服装要不?处理价。电脑要不?出厂价。"许仙也从卖场搞过几回三七粉,我说:"谁要?"许仙说:"人家老板娘呗。本就金枝玉体,还要闭月羞草呗。"

许仙总这样,喜欢篡改成语。

许仙生意越做越好,一人招架不住,喊来老婆,老婆带来儿子儿媳。许仙只让老婆倒腾废品,儿子烧电焊,儿媳站超市。住所待不下,浩浩荡荡搬进偏僻处一废弃仓库。许仙真像寻着了仙境,这下可好,场地能停几辆大卡车!

没几日,许仙发现横一排竖一排的仓库隐藏着造假窝点,半夜里常有一货车一货车假香油拉出去。巧的是,老婆买回来的香油竟是从自己眼皮子底下溜出去的假香油。许仙以为得着理由,过去一探究竟,香油老板忙不迭招呼,把许仙尊为上座,几番胡吃海喝,成了无话不谈的知己。这是许仙在这座城市唯一的、不用付出力气、反过来巴结自己的朋友。

老婆说:"不如联手搞假香油得了。"

许仙犹豫着问我:"这事城管不管吗?"许仙与城管打过交道,还被收缴过好几辆三轮车。许仙觉得,城管是无所不能的官。

这话不过多久,许仙慌慌张张告诉我:"不得了,来了好多官,把横一排竖一排的仓库贴了封条,里面人全被逮走了。"

我说:"倒好,你正正经经做你的废品生意。"

许仙抓抓头皮说:"本就做不来坏事。"

许仙做过好事的,至少,他自己认为是好事。

那个硕大的包裹从行驶的货车上抛下时,许仙第一反应是去追去喊,无奈司机没长耳朵。等许仙打转,已有行人在拆封包裹,许仙说:"不能动,说不定马上寻过来。"

行人说:"傻瓜!"

许仙说:"要么送派出所。"

行人说:"傻瓜!你看看你摸摸,纯羊绒,软黄金,你一辈子穿不起的。"行人又说:"你多拿几件,我少拿几件。"

多亏来了交警。

交警表扬了许仙,留下了许仙的联系方式。许仙美滋滋的,等啊等,等到如今没等来道谢电话。

中午时分,许仙来了,大三伏的,仍然一身保安服。看他心急火燎的样子,真像有官司缠身。

是这么回事,数年前许仙在老家买了幢私人自建小楼,现在遇到拆迁,卖主反悔要追回,许仙不愿,卖主要告。

我说:"不错嘛,成富农了嘛。"

许仙抓抓头皮说:"小意思,与你们城里房价比,不过九牛三毛。不过儿媳刚刚盘下的超市,倒拔了我一大把毛。"

"呵呵,真成老板了。"我打趣。

许仙抓抓头皮说:"言归正说,官司真要打起来,我能胜么?"

我说:"房子过户了吗?"

许仙说:"不好过,政策不允许,不过有协议,村里有证明人,都摁了手印。"许仙摸出一张叠得方方正正的纸,我却找不着"许仙"两字,许仙指着"许来富"三个字,有些害羞地说:"来这后把

名字改了许仙。"

"为啥呀？是来富来富把你叫富的呀。"

许仙说："多亏了改，要不，你们这些白娘子能喜欢我么？"

许仙有些得意。

风

大石五六岁样子的某个深夜，一阵飓风把他家草屋的屋顶抛向了空中。电闪雷鸣之间，大石哆嗦着从床板上撅起屁股，哭闹着要祖父。

大石的祖父，正狠狠地跺着拐杖，又是诅咒又是发誓："该死的风，不挖掉你的根，咱不姓石！"

从此，大石怕风，也恨风。

怕与恨之间，大石一天天长大。

长大的大石像极了祖父——窄头、虾腰、薄身子，风一吹要倒的样子。

风暂时饶过了大石，却把大石的树苗扯得七零八落。大石对着虚无的空气大发雷霆："该死的，日你娘！"风又把日夜灌浆的玉米弄成了伏地的姿势。大石又对着虚无的空气大发雷霆："这风，真该死！"

晓得大石家过往的就议论：这德行，真叫有种像种，与他祖父一个模子！

无论天晴天阴，泓湾的男人女人都喜欢扣一顶浅黄色的草帽。大石也不例外,例外的是大石的草帽动不动就不辞而别随风而去,大石慌忙搁下扁担或锄头,呼哧呼哧去追。草帽呢,愈来愈像滴溜溜的轮子,趁兴的话,还会骨碌碌一拐,向无遮无盖的粪坑扑去。

朝着风吹过来的方向,朝着快乐得不能再快乐的男人女人,大石一蹦三尺高:"奶奶的,早晚把你风根挖脱,不挖,我就是龟孙子!"

男人女人哄笑起来:去呀,有种的现在就去,咱祖宗十八代没见过风根啥模样呐!

又是一个夏夜,刚从婆娘肚皮上翻滚下来的大石,猛听得头顶轰隆一声。大石一愣,随即撅着光腚跑了出去,他借着闪电一看,竖在屋顶的烟囱果然被削掉半截。

熬到天麻麻亮,大石踮足脚尖看过来望过去,泓湾此起彼伏大大小小的屋顶,安安静静,没有哪一户出现异常,绝对没有。大石的牙帮子嘎嘣一响,朝婆娘唬起了脸色。婆娘也不是吃素的主,翻着白眼说:"骂,骂,动不动骂天骂地的,不作兴的……"

大石啐了一口:"呸,都是你,风作不得的是你!"

婆娘反啐一口:"呸,我怎么啦?昨晚风声这么紧,你还有心思死皮赖脸爬上来,风作不得的是你!"

大石一只手臂舞了舞,想给婆娘一个耳刮子,想想有点过头,只得指着摇摇晃晃的木头梯子说:"这与爬不爬搭什么界?好,从现在开始我不爬了,你爬!"

婆娘不示弱:"那烟囱与我搭什么界?你摆什么脸色?"说罢,作势上屋顶,却被大石一把揪住。

大石与风之间的梁子,越结越深。

风到底没饶过大石。

本来，这是个有意思的夏日，中午在堂弟家喝了三碗米酒的大石，没顾得上小憩，就被堂弟拉进了修理铺。堂弟的摩托车坏了，堂弟必须在下午三点前赶进县城。

大石一向会修修补补。包产到户后，空余时间多了，农村机动车也多了，大石便开了这间修理铺。

弯腰曲背的大石，被一个接一个的酒嗝、哈欠搞得东倒西歪。堂弟生怕大石犯迷糊，挖空心思拉扯山海经。不知不觉，外面乌云压顶，狂风大作，风过处，碗口粗的树统统连根拔起。正是猫狗不敢喘气的当口，摩托车修好了。

大石直起腰身，外面的风雨让他吃了一惊："从没见过这么大的风！"

堂弟神神秘秘地说："是天龙在游戏。"

大石忽然想起了什么："糟糕。"

"糟什么糕？"

"我的蔬菜棚了。"

"干脆等一等，反正来不及了。"

大石不信"来不及"。修理铺距家不足五十米。大石不管不顾往外冲，迎面打了个趔趄，趔趄让大石来了火，大石冲着混乱的天地狠狠一跺脚："该死的风，来吧，我不……"大石的"怕"字尚未吐出去，双脚已经离地，五米、十米、十五米……被无形的巨手拎起来的大石，在空中打了几个旋后，"砰"地摔下。摔下来的大石，像摊烂泥巴。

闻讯赶来的婆娘，呼天抢地地要大石挺一挺，熬一熬。大石睁着无神的眼睛对着虚无的空气叹了声"风"，走了。

大石下葬那刻，青天白日间陡然刮过来一股挟沙裹尘的风，未等众人反应过来，墓碑前大石的遗像"啪"地倒扣下去。

婆娘嘶哑着嗓子说:"不知道大石前世与风结下什么冤孽,死了还来寻事。"

大石儿子扶着娘说:"风是自然现象,是流动的空气,不像爹所说的还有什么'根'……"

泓湾的男人女人认定:到底是气象专业的硕士生,说起话来有条有理、文质彬彬。风水轮流转,石家变换门风了。

好房子

老廖终于住进了好房子。

老廖的好房子在新城区锦绣花园 A 幢,视线开阔,看得见远处的山近处的水。虽然比 B 幢比 C 幢每平方米贵二百,但老廖觉得值。最让老廖满意的是屋内的格局,三室朝阳,一厅贯通南北阳台,双卫。

老廖祖籍江西。当年祖父为讨生活一路沿江而下,不知历尽了多少艰辛,最后在这座临江小城安顿下来。到了老廖父辈,总算拥有了坐落在某街某巷的一处平房。

在老廖印象中,这间二十平米的房子向来一隔为二的。早先,住着父亲与叔叔。后来,叔叔出去了,是当兵走的,当成了好大的官后,转业定居在省城。可惜叔叔英年早逝,不然,廖家不是现在这回事了。

再后来,就有了老廖与弟弟。老廖初中毕业后进了街道工厂。进厂那天,父母动手在院子里搭简易棚。不料,邻居有了意见,请来居委会干部。父母指着老廖说:"人高马大的小伙子,与我们挤一块,哪个姑娘敢上门?"父母又说:"咱都是集体,不像财大气粗的国有企业,想分房,这辈难!"

那时不兴商品房,兴单位分房。

居委会干部觉得廖家困难是事实,妨碍邻居也是事实,便对老廖说,你说说好话,打打招呼;又对邻居说住一块是缘分,相互体谅体谅。

从那天起,廖家包了馄饨,总要给邻居端去一碗。

从那天起,老廖就盼望有所好房子。好到啥程度,老廖说不上。

老廖是自由恋爱,女方看中的是老廖的长相。老廖眼睛大又亮,白皮色,自来卷头发。女方说头发自来卷的男人性格温柔,心肠好。

父母急得寝食难安,这婚,往哪结呢?恰好,邻居分到了房子,马上搬走。大概是一碗一碗馄饨起了作用,邻居答应把房子借给老廖。

老廖还是盼望有所好房子。好到啥程度呢?就是大清早不用为媳妇倒马桶;与媳妇做那事之前或者之后,能痛痛快快冲个热水澡。

老廖想,我的要求并不高呀。老廖要求是不高,但好房子犹如水中月,影影绰绰,绰绰影影。好房子没盼来,盼来了儿子。儿子像当年的老廖,个头窜得飞快。儿子放下书包就说:"同学都有好房子,好房子里有单独的房间!"此时,老廖夫妻已经下岗,老廖白天在饭店传菜,夜里做保安。媳妇改行织布,白天十二小时,夜晚十二小时。老廖摸摸儿子的头说:"你多考点分数,咱家距好房子近了一步。"儿子果然努力,分数一直排在年级前十名。儿说:"老爸你看见好房子了吗?"老廖说:"好房子被越来越高的房价推得愈来愈远了。"

这当口,老廖父母去世。

老廖得知自家那片街巷即将改造成"城市广场"那刻,差点跪下来磕头。签订协议时,弟媳来了,身后跟着入赘过去的弟弟。老廖赔着笑脸:"统共就这么点平方,拿一套好房子得贴好多钱。"

弟媳家在郊区,大前年拆迁的,分到了两套大房子。弟媳说:"亲兄弟明算账,别人家去港台发财的都赶回来了。"

老廖说:"你们一定要来争吗?"

弟媳说:"一定!"

老廖指着弟媳身后的弟弟说:"父母在世,你孝敬了多少?他们去世时,你人在哪里?"

弟弟的眼睛既躲闪着弟媳又躲闪着老廖。

弟媳说:"法庭见。"

老廖说:"兄弟一场,别让人笑话。"老廖只得翻出了父母的遗嘱。老廖指着遗嘱说:"你们自己想想父母为什么要立这份遗嘱。"

老廖终于住进了好房子。

住进了好房子的老廖,不久就犯了失眠症,眼睛一闭,脑海里就会出现弟弟幽怨的眼神。看样子,弟弟在那边不痛快啊!

老婆说:"老廖你以前倒是呼噜呼噜三巴掌拍不醒,天生是个受穷的命!"

老廖的皮色愈来愈黄,遇着老街坊,都说吓一跳,要老廖去查查。

老廖去了。医生说还要做复查。老廖说:"我没病,身体一向

很好。"医生说等自己知道有病,晚了。

在外地工作的儿子回来说带老廖去省城医院。老廖说:"不去。"

老婆说就地治疗。老廖说:"不治。叫我弟弟来一趟。"老婆说都成死对头了,叫什么叫!

弟弟来了。

老廖说走,"城市广场"坐坐去。

老廖指指脚下说:"可记得?"

弟弟说:"咱家的老屋。"

"可记得父亲?"

"记得。"

"可记得祖父?"

"听说……"

兄弟俩聊了半夜。离开时,弟弟哭了。弟弟说:"这钱我不能要,你治病用。"

老廖说:"这钱本来就是你的,是父母留下来的。"

弟弟说:"哥你别骗我,咱父母哪来这么多家底。"

第二天,老廖动身去了省城。玩过省城,又去游长城,参观兵马俑……年轻时想去的地方,玩了个遍。

三个月后,老廖回来了,回到了好房子里。

回到好房子里的老廖,睡觉又呼噜呼噜的了。

故　人

飞飞说带我去看毛毛。

时隔三十年，要不是一位长辈去世，我不会踏上这片故土。

飞飞说："毛毛在'千公界'替逝者挖墓穴。"

"千公界"在村子西首，距村千米，再过去就是他乡他村了。自古荒凉之地，如今被开发成集体墓地。

我要飞飞先带我去毛毛家看看。

在一幢幢漂亮豪华的群楼间，毛毛家两间平房显得特别灰暗特别陈旧。前后左右野草丛生，我认得那是狗尾巴草，小时候飞飞毛毛经常拿它衔在嘴里扮鬼脸吓唬我。

门关着，屋里没人。

飞飞说："毛毛婆娘陪读去了。毛毛女儿在县城上高中，花钱买的重点，婆娘兴师动众跟了去，租了房子，星期天也不回来，菜呀油的还要毛毛定期送过去。"

我说："这地都荒了，拿什么送？"

飞飞说："买呀，毛毛今天挖墓穴得一百元红包，可以买一堆了。明天说不定替人家修段围墙，后天有可能帮别人盖个厕所……这不全仗着毛毛。他婆娘一门心思指望女儿上大学，将来跟女儿进城过好日子。毛毛哥哥姐姐意见非常大，希望他们一家三口齐心协力打工挣钱，早日把楼房盖起来。婆娘不听，我行我素，与哥哥姐姐断了来往。"

我奇怪,毛毛究竟找了个什么样的婆娘?

飞飞说:"你离开早不知道,毛毛成年后得了'蛇皮肤'的毛病,浑身麟片,看了会让人起鸡皮疙瘩。"

我说:"小时候毛毛的皮肤好好的呀,只是瘦,皮搭骨头,瘦得可怜。"

飞飞说:"谁知道呢,多灾多难,父亲去世早,兄弟多。靠长衣长裤遮着,勉强相了几次亲,也订了婚,结果仍被女方发现了,弄得沸沸扬扬,原本不知道的人都知道了。后来人家帮他介绍了个寡妇,就是现在的婆娘。寡妇毕竟过来人,第一次见面就撩开了毛毛的衣裤,问毛毛可有一万现金?把毛毛的脸搞得一阵红一阵白。"

"毛毛拿了吗?"

飞飞说:"拿了。毛毛豁出去了,把仅有的一万现金捧了出来。毛毛结婚那天,醉得一塌糊涂。他哭着告诉我,他平生最勇敢的一件事就是拿出了那一万现金。唉,长大后的毛毛越来越孤僻,不高兴说话,只会变脸色,激动时脸皮一阵红,愤怒时脸皮一阵白。好在寡妇是个直性人,接过钱,二话不说带毛毛去了上海,寻皮肤科,找专家门诊。嗨,好啦,毛毛的皮肤变光滑啦!"

"这婆娘真不错么!"

"是不错,毛毛母亲弥留那会儿,唯毛毛喊了医生,替母亲输了几瓶水,其他兄弟嫂子不闻不问的。"看得出,飞飞是由衷地在夸毛毛。

远远地,我看见了毛毛。

应该是毛毛,墓地空旷无人。

我喊:"毛毛!毛毛!"

毛毛停下来,似乎没看见我,只对着飞飞笑了笑,如果说那种表情也算笑的话。

我说:"毛毛你不认识我啦?"

毛毛又停下来,呆呆地看着我。

我说:"我是文娟。"

毛毛的脸皮忽然通红,扔掉铁锹,一屁股坐下来,看着天上的云,一动不动。

这是毛毛吗?灰黄的脸,很深的皱纹,多半花白的头发,乱蓬蓬的,像他房子顶上飘摇的杂草。我想鲁迅笔下的闰土不过如此。从前的毛毛呢?我曾决定长大后以身相许的毛毛呢?

我说:"毛毛……"

飞飞推推我,悄悄说:"毛毛一条腿受过伤,建筑工地摔的。"

"有没有赔偿?"

飞飞说:"有的,打了好几场官司,最后赔了几万块,婆娘拿了这钱给亲戚放高利贷,指望翻翻身的,结果可想而知。"

毛毛的鼻子抽了一下。

我看看挖了一半的墓穴,说:"毛毛要不我帮你挖吧。"

飞飞说:"我来挖。"

我说:"毛毛……"

毛毛不看我,慢慢撑起来,去夺飞飞手里的铁锹。

飞飞说:"我说毛毛,你给文娟回个话呢,光屁股玩大的,这是咋的,哑巴了?还有,明年跟我出去,一天开你两百,过天给我回个话。"

飞飞在外地开了陶瓷厂,村上有人跟过去的,但是又都撤回来了,说飞飞死精,菜里没荤腥。

毛毛低着头说:"文娟,别笑话我,我这辈子就这样了。听说你做大了,做了官了,能不能替我留个心眼,将来……帮我丫头

弄个好饭碗,啊?"

毛毛哀求的声音,扯响了三十年前那个夏夜幽怨的哭声。

看着卑微的毛毛,我鼻子一酸……

精钩子

我们厂子有个电焊工,吃用开销样样精明,人称"精钩子"。其他不说,先说说精钩子的座驾。

最初,精钩子的座驾是辆28寸永久自行车。这辆车是精钩子送给未婚妻的聘礼,精钩子担心肉包子打狗,私下与未婚妻交代:结婚时,你得把它骑过来。未婚妻怕家里不肯。精钩子说,我有办法。

接新娘子那天,精钩子精心策划了一支迎亲队伍——三辆自行车,四男一女。距新娘家百米远时,精钩子故意把一只胎子弄瘪。精钩子码得准准的,岳丈家方圆两公里内找不到一个打气筒。精钩子风光无限地蹬着那辆崭新的永久,载着新娘子凯旋。

凯旋的精钩子趁着酒劲儿对新娘子说:"这车要不骑过来,你也休想跟过来。"

新娘子说:"难道车比我重要?"

精钩子说:"更比我重要。"

有一次下班,途中恰遇狂风暴雨,精钩子找了处屋檐,眼看挡不住,便脱下秋衣秋裤捂在笼头上。半小时后,天放晴,精钩子不忍泥浆溅脏钢丝,扛在肩上,徒步而行。不过,这次失算了,当夜,他开始发高烧、说胡话,把一向言听计从的婆娘吓得六神无主,以为精钩子被野鬼纠缠,趁夜烧了一刀又一刀黄纸头。

退烧后,婆娘邀功,精钩子恨不得甩过去几个耳刮子:"谁叫你破费?哪来什么野鬼!"

电瓶车风靡之初,厂子沿墙根盘起一长溜车库。精钩子的自行车,挤在五颜六色的电瓶车里头,就像一群花姑娘簇拥着一个风烛残年的老翁般显眼——油漆剥落、锈迹斑斑、笼头还骨折过——被婆娘侍养的大肥猪弄的。婆娘说:"借个平板车把猪拉去卖了。"精钩子说:"你这婆娘真不会算计,犯不着欠人家一份情,我这是上班顺带。"精钩子把猪的四条腿捆扎后往车上绑,哪知猪的蛮劲比他足,"吼"的一声屁股一撅,自行车"哐啷"倒地……精钩子心痛得直跺脚,真想甩婆娘几个耳刮子。他怪婆娘没把车笼头抓牢。

婆娘说:"这自行车该淘汰了。"

精钩子不理睬。

精钩子说:"电瓶车有什么好?费电!你想不花力气跑得快是不是?力气要它干吗?力气不是钱,存在那里还能生钱!"婆娘自知说不过,用偷偷摸摸攒起来的私房钱买了辆脚踏式电瓶车,谎称是娘家人送的庆生礼物。

既然是白捡的,精钩子乐意一试。

哎哟妈,果然爽!比骑那臭婆娘还爽!得意当口,斜刺里杀过来一辆簇新的踏板式,上面的小黄毛似乎比精钩子还爽。两车相交那刻,精钩子尚在犹豫:到底急刹不急刹?刹的话,肯定比自行车更损钢圈更损刹车皮……"哐"的一声,精钩子的车笼头扭得像麻花。

精钩子边用紫药水涂皮外伤边对婆娘说:"你娘家太精明,

踏板式牢啊,那小黄毛,连人带车毫发无损。"

女儿大学毕业那会儿,想考研。精钩子说:"如果不考,能不能找到工作?"女儿说:"能啊,我已经和男朋友一道被上海××钢材公司聘用。"精钩子一巴掌击在桌面上:"那还绕什么弯弯搞什么曲线救己?接下来,你们要掌握的是社会经验和实战经验。"

不过三年光景,精钩子问女儿女婿:"有没有看出一点点门道道?"小两口说认识了一批关系户。精钩子说:"好!你们可以自立门户了!"女儿说:"资金凑不拢。"精钩子说:"我支持!"婆娘说:"老本儿不能抠。"精钩子挥挥手说:"妇人之见,一边去,钱要花在刀刃上,你愁女儿将来不孝顺?"

精钩子一下掏出八十来万。

婆娘吓得不轻,旋着腿儿说:"哎哟妈耶……哪来这么多?能买套房子!"

精钩子不屑:"你只知道房子房子,我精钩子起早贪黑揽私活为啥?我精钩子精明一世为啥?"

不等退休,精钩子急忙忙去了上海。

女儿说:"爹过来能干啥呢?"

精钩子说:"我认一、二、三、四……让我守仓库,仓库里猫腻多。"

那天,精钩子回苏北帮婆娘农忙,顺道来厂子遛遛。精钩子的座驾,是辆"大众",精钩子说是女婿发给他的奖金。

工友摸着汽车轮子打趣说遇着急刹怎么办?

精钩子呵呵一乐:"该刹就刹。OK!"

工友说精钩子说话夹洋屁了。

精钩子说:"入乡随俗了,习惯了,憋不住了。"

工友们忽然想起——精钩子原名叫金长贵。

二　歪

谁说二歪没脑子？

二歪选择的通城富贵园菜市场，不仅全天候营业，周围住户基本大款。二歪瞄准一角落，把鸡笼子、煤球炉子、锅呀盆的逐一安置妥当后，依着墙根蹲下来，槐树皮样的两只手搁在竖起来的膝盖上。

为这一刻，二歪动了整整一冬的心思。

二歪的家在距通城三十多公里的泓湾村。种什么长什么的一川平原，也留不住人头，年轻人麦粒儿般一把把撒了出去，剩下来的老少以养鸡为主。像二歪这般年纪，工地打打杂或看看传达室应该没问题，问题是二歪年少时害过"鬼吹风"，脚不害手不害偏偏害了张嘴，下巴颏硬生生歪过去小半寸。而且，脑子受了牵连，缺心少眼有了点"二"的意思。

不过，二歪花钱的脑子还是有的，二歪想把爹娘留下来的三间平房全部贴上瓷砖。前后左右的邻居都贴了，他特别羡慕阳光般明亮暖乎的那种。

花钱就得赚钱。

二歪依着墙根蹲到日头骨碌碌往下滚，才过来一妇人。妇人五十多岁，衣着光鲜，体态丰腴。妇人指着伸头缩脑的鸡问："老哥，公鸡催奶母鸡催奶？"

"公……公鸡！"欠起腰身的二歪有点抑制不住的小激动。

"给我挑一只,往后一天一只。"

"就……就算三斤吧,你看……你看……三斤打不住。"二歪扭过身子让妇人看秤。

妇人凑过去,确信二歪自觉抹掉了二两零头。

妇人不天天来,隔天来一次,来时,必带三两个不同样的主妇。不管谁来,二歪同样的大方同样地抹。一传十、十传百,二歪的生意见天兴旺。

"多亏了我,是不?"妇人问了一遍又一遍。

二歪瞭瞭油渍渍的眼皮子,浑浊浊的眼球被妇人白皙的脸庞映得敞敞亮。不由自主地,二歪的头点得像鸡啄米。

"那就捎带点土产过来,乡下不稀奇的。"妇人明摆着得寸进尺。

乡下不稀奇的东西多呐。二歪不仅捎来一捆捆菜一把把葱,还捎来湿淋淋的河蚌、螺蛳,甚至白花花的米。

"喂,老歪,干吗呢,你送,她肯给么?"

"喂,老歪,是抢生意呢还是想女人了?"

贼眉鼠眼的同行,个个笑得哗啦哗啦的。

二歪朝少了两粒纽扣的衣服上蹭蹭树棍样的手指,摸出一包瘪塌塌的烟递过去:"吸,吸。"

妇人不买账,朝贼眉鼠眼们说:"你们也捎呀也送呀,谁送买谁的!"

有天,二歪拣了只肥嘟嘟的老母鸡,杀好洗净,只等妇人一来,就往她手里塞:"你自己……也……也补补,别……别光为了媳妇……孙子。"

妇人看着二歪,眼睛里的热乎气直往外窜。二歪被燎得东躲西闪的,等妇人离去,才敢盯着她肥实的臀部发了一阵呆。

同行不哗啦哗啦了,同行正正眼色,说二歪叫鸡肠子绕迷了心窍。

这话过了没几天,妇人急匆匆来寻二歪:"身上有钱没?一千也好二千也行。"二歪从内衣口袋钳出一沓钱,只说这钱本来今天组织鸡源用的。

第三天,妇人没来。

好几个三天过去,妇人仍然无影无踪。同行说老歪你真"二",难怪……

二歪开始失魂落魄了,卖一只鸡赚五元,平均一天卖二十只算上上,假如这笔钱肉包子打狗,一个月白辛苦不说,还会被笑话死。二歪后悔当时没问一问,妇人到底碰到了什么要紧事。

二歪朝妇人来回的方向摸过去,高一脚低一脚把城市的水泥路当成了泓湾村的田埂。

眨眼,谷雨唤走了清明。芒种芒种,棉花黄豆乱种。季节催人呢。

二歪打算把手上的鸡卖完,回去整整地块,该点种的点种上。这城里人,就好馋一口新鲜。二歪又想到了妇人,想她拎过新鲜东西时的欢喜劲儿。

"老哥。"

蹲在墙根的二歪又以为招惹了春梦,抬起头迎着明晃晃的日光。

"老哥。"

二歪揉揉眼睛。

"老哥。"

二歪难得地"腾"地立起。

妇人笑吟吟地掏出一沓钱,一边往二歪手里塞一边说:"老

哥你数一数,二千九百三十元,一分不少的。当时情况紧,没来得及告诉你,我那在另外一座城市打工的弟弟出了意外,关键时刻就你老哥肯解囊相助,连我东家都以为我在耍花样。"妇人替二歪拉拉衣领,不经意间触碰到二歪的脸颊。妇人轻声说:"老哥你这阵瘦多了。我没猜错的话,老哥你也是个孤家寡人。老哥若不嫌,我想辞去保姆的活,去你乡下专门饲养鸡。"

二歪以为自己又在犯迷糊。

二歪用劲揪一把乱蓬蓬的头发:"啊,疼!"

二歪的这声"疼",喊得无比亢奋。

理论家

兴春从我家山头边经过时,头不抬腚不转,一副急匆匆的模样。村人追着他青皮薄壳的背影说:"理论家又要去村委研究报纸了。"

"理论家"是兴春的绰号。

大约小半天时间,兴春打转。这时,他换了模样:趿拉着鞋子,不是抓头挠耳就是东张西望。村人晓得,他是在等别人喊他呢。村人晓得,就算没人喊,他自己也会停下的。不然,会被一肚皮理论憋死!

果然,兴春停了下来,不仅停下,还主动拉过一条凳子。

我这山头边可是块风水宝地,既有剃头店又有代销店,人来人往像小集市,村人都喜欢过来凑热闹。

兴春咂巴了一下嘴,过了几秒,又咂巴了一下,配合这动作的是一脸孔的忧国忧民。

"打仗了,这仗打下来,肯定是世界大战。第三次世界大战!"兴春一开口,村人就哄笑了起来。其实,大家就等着他开口呢。

兴春不笑,沉浸在遐想里的他,眯着眼,晃着脑袋,一本正经。

剃头匠大国停下满是肥皂沫的手,转过脸:"造谣!"

兴春接连咂巴了好几声,同时使劲晃脑袋:"造什么谣,《参考消息》上写得明明白白。"说着,拿出藏在腋下的报纸,"喏,苏联进军阿富汗,越南派兵柬埔寨,伊拉克对伊朗。这么多国家在打,不早晚闹成世界大战?这好比你,还有你,你们俩打架,我看不过,来拉,拉着拉着,不就搅和了进去。"兴春指点着身旁两个村人,打着自以为是的比方。

大国说:"他们打他们的,关我们屁事,离这远着呐!"

兴春把一只脚从鞋子里脱出来,搁到另一条腿的大腿上,动手抠脚丫,边抠边说:"远啥?人家有本事打到星球上!"

大国鄙夷地看着他抠脚的手:"你一天到晚研究报纸干啥?国际形势是你关心的吗?你应该多多关心棉花、玉米的长势。出去打工嫌苦,田又不好好种。你看人家日子都过好了,就你们还……你看你爹你娘累死累活的样子……白养你了!"大国是兴春未出五服的叔。

兴春把脚塞进鞋子,幽怨地看着大国:"他们不听我的,我说直播,他们非要弄什么营养坯,一个个闷在塑料棚子里,好了吧,全部焦了头。这直播呢,就像土生土长的人,牢靠;营养坯呢,就像移民,不牢靠。"兴春的脑袋一晃一晃的。

村人又哄笑了起来。

大国说："家家户户营养坯，怎么就你家出了豁子？有工夫天天往村委跑，没工夫往田里跑。"

兴春似乎挺委屈："这仗要真打起来，还种这种那好种坏种做啥？先想想怎么逃命，是挖地道还是掘防空洞？"说罢，他扫视了众人一眼，像在征求建议。

刚刚被他指点过的村人往他跟前拢了拢："既如此，你赶紧把圈里的羊拉出来杀掉，省得打起仗来累赘。"

大国嗤笑了一声："别提他的羊，就算叫他死也不能杀他的羊。去年为一毛钱的差价，不肯让上门收购的羊贩子牵走，宁可牵到镇上，来来去去了一冬，羊都跑认路了跑落膘了仍没卖出去。"

不屑农事没力气打工的兴春除了看报纸就是养羊，大大小小白花花一片。他觉得羊不像猪，温顺，好对付。猪太猖獗，动不动拱栏。但是他的羊很难出手，比养大一头还难。为什么？叫价太高，而且是砍不动的"铁口价"。

大国的嗤笑使兴春有点小激动，他拍着凳子："我就知道羊价一年比一年贵才留着的。再说羊与人一样，也需要锻炼，你们去看看我的羊，四条腿比这四条凳子脚结实。"

开代销店的余芳跑出来："兴春啊兴春，不是做婶的说你，这仗要真打到这，吃亏的就你一个，你看哪个男人眼看摸四十的边沿了还没摸着过女人？"

掩鼻子笑眼睛的村人纷纷附和：是呀是呀，赶紧找个女人！对呀对呀，尝尝女人的滋味，才不枉做个男人！

青皮薄壳的兴春，难得的，像个红彤彤的光毛鸡。他站起来，原地转了一圈，两手一摊："女人有啥尝头？要多换裤衩要多用水，烦人。"

余芳笑歪了身子:"哎哟哟老侄这话说得,你是凭想象还是从哪偷看到的?报纸上有没有写?"

兴春哑巴了一下嘴,晃了一下脑袋,重新趿拉着鞋子,走了。回家了。

哄笑着的村人追着他背影说:这理论家,明天还会过来的。

活 着

兰又来了电话,叫虹参加老同事聚会。虹越想越后悔,真不该把手机号告诉兰。

那天虹在菜场买菜,遇到了兰。

兰是循声而来的。

虹多剥了几叶菜皮,被菜贩吆喝了几句。放平时,虹顶多红红脸。

那天虹正窝着火,老公做了舅姥爷。老公说:"贺礼六百。"

虹说:"四百。"

老公说:"与哥商量好的。"

虹说:"你哥有钱,不能与咱平起平坐,你哥你姐不是不晓得咱穷。"

老公说:"哥姐平时没少帮衬,买房子多亏哥出面,便宜了好几万,电视机电冰箱是姐姐送的。"

虹不买账:"都怪你无能!"

老公摔门而去,没顾上拿饭盒。老公在四季家具城送货,周边不乏外卖,头几年五元管饱,近年十元管够。虹舍不得,宁可自己忙着点,再说在超市打工的虹自己也要带饭。虹追着老公背影下了楼。岂料老公接过饭盒随手一扬,饭盒画了个漂亮的抛物线,稳稳当当掉进垃圾箱。

窝着火的虹把菜皮随手一扬,大声嚷道:"烂菜也想卖钱!"

菜贩牛眼一瞪:"卖的就是烂价。不照照自己,哪像吃好菜的样!"

兰捉住虹舞动的胳膊说:"远远听见似你声音,果真是你。一直没你消息,干啥呢?"

虹脸皮涨得通红。

虹怕遇见老同事,哪怕是曾经要好的兰。

一次去商场买电脑,孩子小学时就吵电脑,等熬到高中,才以奖励的名义答应买。不想营业员是曾经的同事,虹硬着头皮说:"能不能便宜些?"

老同事似笑非笑的:"顶多去掉零头。"

虹是千恩万谢离开的,又不想未踏上电梯,就听老同事在抱怨:"为几十块钱请示领导,烦死!"

虹不知道自己如何跨出商场大门的。虹想自己是太穷酸了,穷酸到了惹人嫌的程度。从那往后,虹看见老同事就唯恐避之不及。

那天,虹与兰分手就后悔了,真不该把手机号告诉兰。

不过一礼拜,兰就要把虹拉进什么什么群。虹不会弄微信,费了好大劲,进去才晓得都是一二十年前的老同事。从聊天内容及所晒图片看来,同事们活得有滋有味,声称工厂解散是一大幸事。虹暗暗比较了一番,连最有本钱拿来得瑟的孩子,也算不了什么。同事的孩子不是博士就是硕士,还有出国留学的呢。

虹听见自己的牙齿嘎嘣嘎嘣响。虹知道是寒碜弄的。

虹把自己退出了群,以为神不知鬼不觉,三分钟后兰就来了责问。

不过一个月,兰又来通知,趁"五一"老同事聚会。

虹说:"加班。"

兰说:"反正是晚饭,你可以晚点来早点走。"

老公也说:"聚就聚呗,看来你真的要破财,姐姐那省下的二百,正好派用。"老公说这些时,已没有了怨气。实际上,姐为了支持弟还房贷,四百也塞给了弟弟。

虹说:"聚会有人埋单的。"

老公说:"你总归要收拾收拾打扮打扮。"

自从买了房子,虹没买过衣服,虹把以前的裙子抖出来一看,也过时了也嫌小了。虹花六十元买了条出口转内销连衣裙,花六十元买了双处理牛皮鞋,一想还得花六十元染头发,心疼得剜了块肉似的。老公看不过,咬咬牙拿出四百。

稍稍一打扮,虹果然年轻了三分好看了三分。虹本来就不错嘛,身条儿高皮色白。

心情靓人就得劲。"五一"那天,虹把下午班换成上午班,六点的聚会五点就出发了。

虹从未去过"大饭店"。

虹东张张西望望,看见花圃尽头一群人对着一长溜汽车指手画脚,兰也在其中,仔细一看是在比试座驾。虹可怜的好心情像走气的皮球,"滋滋滋"跑掉了。虹调转电瓶车,做贼般离去。

不多时,兰电话追来了,虹干脆关机。

第二天,兰又来了电话,兰说替虹拿了一份纪念品。

那纪念品是金字塔形的玻璃制品,塔底镌刻了一位同事的名字,一行小字显然是赠言:"同事,活着就是美好,好好地活!"虹记得这同事是技术科的。原来,这同事于不久前病逝,生前是大规模玻璃制品企业老总,身价千万。病中亲手设计了数百个一模一样的特殊产品,拜托其妻有机会一一送出。

为了实现其遗愿,其妻发起了本次聚会。

"活着就是美好,好好地活!"

虹眼睛涩涩的,两行液体不知不觉地流了下来。

瘤　子

有人说:瘤子肩膀上的瘤是与生俱来的,要不,为何当婚时娶不到娘子,人至中年才侥幸填了陈寡妇的房。有人则指点着皮球状的瘤说:这应该属于扁担瘤吧,但没见过这么大的呀!甚至还有人上前拍拍他那紫不紫黑不黑的"皮球"问:痛不?

瘤子把肩膀闪了闪,露出五六颗黄牙说:"不痛。""不痛?"问者感到稀奇,尔后指着陈寡妇背影问:"她吓不吓?"瘤子干脆咧开嘴巴一乐:"她高兴时还啃它几口呢!"

闻者无不撇嘴、摇头。核桃般浑身上下挤弄不出一点儿水分的陈寡妇明明对牵线搭桥者说过:四十好几的人了,即使弄个老头儿进门也无所谓,只要他有本事做这屋的顶梁柱。

说这话时,陈寡妇的大儿子十八,小儿子八岁,丫头十四。

瘤子像头牛,挖河、挑粪、担麦样样胜于其他男人,属挣工分高手。年终结算时,陈寡妇家破天荒摘了"倒欠"的帽子,陈寡妇捏牢一把进账,脸上浮起了难得的笑容。

日子有了起色,孩子们跟着活泛,两个大的喊瘤子"伯",小的喊瘤子"爹"。瘤子很受用,"哎哎哎"应着,屁颠颠地把的活儿干得更欢畅。

不知不觉到了大儿子适婚的年龄,瘤子的做派极像个负责任的父亲,想方设法拉回一车车砖、瓦、樑、椽,铆足劲盖起了两间大房子。儿不亲孙亲,瘤子在指望着抱孙子呢!大家都这么说。

女大十八变。陈寡妇的丫头仿佛一天也要变三变,越变越高挑越变越水灵。

一日黄昏,从地里收工回屋的丫头洗净身子,套件无袖圆领衫,端坐场院摇着蒲扇纳凉。刚从河里爬上来的瘤子经过丫头身边时,"啪"地在丫头手臂上轻轻拍了一巴掌。

丫头吃惊不小,转过头看是瘤子,恼羞成怒:"做啥呢?"瘤子讪讪地:"我看见……看见蚊子……蚊子在叮你呢。"丫头眼泪夺眶而出,起身朝屋里走去。

后脚到家的陈寡妇边劝慰丫头边盯牢瘤子狠狠地说:"从今晚开始,你搭铺睡灶房,我们娘俩的房,不许你跨进一步!"

当夜,瘤子失踪。

瘤子父母早年双亡,仅有的一间祖屋也已坍塌。陈寡妇只听他说过有个一块儿长大的表兄弟,安家落户在新疆建设兵团。但新疆远在天边,身无分文的瘤子跑不到天边去的。

玉米登场时,人们说二百斤重的玉米袋子,瘤子扛起身就走。棉花登场时,人们说瘤子是捆扎棉花包的能手,他打的包,结结实实运送几十里没问题。芦叶枯谢,芦花飘扬,人们又念叨起了瘤子,说瘤子编的芦帘子,既美观又牢固,市面上难得。陈寡妇咬紧牙关不动声色,只说瘤子去了新疆,唯一的兄弟病重,探望

去了。心里头却在紧锣密鼓谋划丫头的婚事,不管那一巴掌的真假,不管瘤子何时回来,丫头一旦出嫁,万事大吉。

腊月二十那天,毫无预兆的,瘤子回来了。发更白,背更弓,那瘤,愈显触目惊心。

陈寡妇不惊不讶不喜不恼地看着瘤子说:"大媳妇在坐月子呢,是个孙子。"瘤子一听,拔腿朝儿子屋走去,半路,折回,从裤裆里摸出一个包包,里三层外三层打开,数了二百,递给陈寡妇:"你给孙子送过去合适。"

陈寡妇用亮晶晶的眸子盯牢瘤子说:"你回得及时,丫头春节要嫁人了,屈指算算,没几天工夫了。"瘤子沉默片刻,又去动那裤裆里的包包,又数出二百,说帮丫头添点儿嫁妆吧。

分田到户后,年轻力壮的,一个接一个走了。瘤子眼巴巴看着,眼巴巴的原因是他老了,他只能与陈寡妇一道,一前一后出现在田埂上,倒是陈寡妇在不断提醒:"瘤子,当心脚下……瘤子,能拎动嘛?拎不动我来……"

瘤子始终不紧不慢的,似听见,又似没听见。

瘤子莫名其妙摔了一跤,被陈寡妇扶起后,开始发烧,挨了一晚,第二天一早,陈寡妇到村医处要了退烧片,连服三次,至傍晚仍未见效。陈寡妇喊过村医,村医翻翻瘤子的眼皮把把瘤子的脉,说赶快送医院。瘤子死命摇头,双手紧紧按住胸口。

瘤子脱气后,陈寡妇掰开瘤子的双手,从胸口处取出个塑料袋裹着的包裹。陈寡妇打定主意,等儿子回来,让儿子们打开它。

十元、五元、五十元……花花绿绿的票子摊了一桌。大儿子说:"我数了三千。"小儿子说:"我数了四千。"

寡妇熬不住大放悲声:"瘤子啊,你哪来这么多钱的啊!瘤子啊,你攒了整整七千啊!"

大儿子说:"让伯去我家,楼房,有面子。"

小儿子说:"让爹去我家,我家也楼房,也有面子。"

陈寡妇哽咽着说:"按道理先大后小的呀!"

瘤子的丧事像德高望重者的丧事一样,热闹、隆重、体面,流水席开了一批又一批,一边唢呐笛子锣鼓喧天,另一边陈寡妇率众儿孙披麻戴孝,一步三叩。

有人说:瘤子到底算个明白人,自己替自己准备了后事。有人则说:是瘤子祖宗积阴德,留下了两罐埋在韭菜地里的银圆。甚者还说:可记得瘤子那年失踪一事吗?其实,瘤子是去做皮袄交易的,新疆买,内地卖。

孰是孰非,就像其肩膀上的瘤,只瘤子自己明白了。

第六辑

善 良

贵　人

男人上城时，必定带着女人。

男人说："开宝马。"

女人说："坐宝马。"

男人女人的宝马是辆二手农用三轮车。

男人说："坐稳喽！"

女人说："开稳喽！"

男人说："保证你搁铺上一样舒服。"

女人笑，说车是车来铺是铺。说着笑着头一歪，哈喇子像亮晶晶的粉条。

男人心疼地看了女人一眼，女人太困了。

男人也打了个哈欠。

……

"咣"的一声。

额头差点磕着挡风玻璃的女人丢魂落魄地喊起来："他爹，怎回事？怎回事？"

男人呆若木鸡，脸色煞白，冷汗涔涔。

男人一身褪色迷彩服，裤管卷到膝盖，脚穿灰不溜秋的塑料拖鞋。

前面路虎车上跳下一老一少两个男人，看样子是一对父子，老子四十七八岁，小子二十出头。

父子俩绕到车尾,小子指着撒落一地的大灯、保险杠破口大骂:"他妈的眼睛被屁打瞎啦?看不见前面红灯啦?我已经停车了你还撞上来!真他妈欠打!给我滚下来!"

男人不动。

男人蠕动着嘴皮说:"对不起对不起,怨我怨我,我刚刚打了个瞌睡。"

小子说:"怨你,是怨你,承认就好。你看这车这灯这保险杠,少了万儿八千修不来。怎么办?怎么办?公了?私了?公了的话现在就报警。"

男人畏畏缩缩说:"别喊警察来,私了。不过,咱没这么多钱。"

男人转过脸,朝哭丧着脸的女人说:"他娘,把你兜里的钱拿出来。"

女人哆哆嗦嗦摸出一沓钱,有些不舍地说:"他爹,这是买水泵的钱。水泵不买了吗?"

男人说:"撞了人家的车,得赔人家。水泵再说吧。"

"可是……可是……"女人呜呜咽咽哭开了。

男人把钱递过车窗,说真是对不住,咱身上就一千五百元,拿去吧。

小子脸上乌云翻滚,手指戳着男人说:"你给我下来!快给我滚下来!"

一直没开口的老子说话了:"兄弟,开车怎好打瞌睡呢?夜里干什么去了?"

男人说:"不提了,一提就恼心。老天爷成心欺咱,与咱过不去,一会涝一会旱,咱庄稼咱果树眼看要枯死。早些年,村里打过一眼井,叫一眼井供全村,供不了,眼看要打架才想起来抽签,天

天抽,昨天轮到咱担水时,已经后半夜了,咱几乎一夜未合眼。"

看热闹的路人听男人这么一说,都说怪不得农村人要往城里跑呢,看老天爷眼色吃饭没保障呢。

老子说:"买水泵怎么回事?"

男人说:"担水难啊,难赶上趟啊,天天愁天天愁,都快愁死,今天凑了钱,下决心进城买个水泵,谁想开着开着打起了瞌睡,结果……唉……"

男人使劲揪住自己花白的头发,朴实的脸庞因悔恨而扭曲变形。

小子对老子说:"倒霉,碰上刁民了,一副绿豆榨不出油的样儿,要不就报警吧,不信真拿不出修理费来。"

老子叹口气说:"算了,一万两万对他们来说可是一年的生计。我也是农村熬出来的,农村人挣钱不容易,农村的苦日子我懂。"

老子对男人说:"你们走吧。以后开车注意点,千万千万小心。"

男人像个木头人,攥着方向盘的双手一动不动。

看热闹的路人催男人:"算你运气好遇到了好人,还不快走。"

男人仿佛醒悟过来,去搀身旁的女人,男人说:"今天遇到活菩萨了,下去给活菩萨磕头去。"

父子俩这才发现,男人一摇一晃跛着一条腿。男人牵着的女人,一步一个摸索。

老子连忙拦住男人女人,说不用不用,你们快走吧。看热闹的路人说大恩不言谢,快去买水泵吧。

三轮车发动的刹那间,只听老子大声说:"等等,你们等等走。"

男人心一沉,以为父子俩要反悔。

不料那老子走过来,口袋里数出一沓钱,说:"这一千五百元,给你们买水泵。

男人彻底愣住了。

那老子把钱往男人手里塞:"拿着吧。"

女人喊了起来:"不能要!"

女人把男人喊清醒了。

男人也喊:"不能要!"

女人说:"撞坏了你们车反过来给我们钱,没这个理。"

男人也说:"撞坏了你们车反过来给我们钱,没这个理。"

那老子说:"让拿就拿着,大不了买两个水泵,捐一个给村里,权当替我做了一桩好事。"

女人呜呜咽咽的又要哭,女人呜呜咽咽地说:"今天遇见的不是好人,是比好人更好的贵人!"

母 亲

母亲脚跟脚踩出偏屋,迎面呛进一口凉飕飕的空气,就又开始咳,咳得撕心裂肺,咳得面红耳赤,咳得村主任睡不成回笼觉。村主任站在二楼阳台,看着晨雾中的母亲,忽然觉得母亲像片风干了的树叶。

这是幢两层小楼,一楼会客室,二楼卧室。大体看上去,与周边楼房没啥区别,实则不然,比别人家多了两层楼板,顶层加了隔热,底层铺了架空。

村人旺五的亲戚开办着规模不小的预制场,旺五带村主任过去,一卡车楼板半卡车白送。旺五只说亲戚开的,旺五从来不说自己也有一小半股份。

村主任转下楼来,对母亲说:"别去做了,大清早的,雾霾重。"母亲横了村主任一眼。

村主任又说:"去医院检查检查,或者待在家里休息休息。"母亲又横了村主任一眼。

母亲对村主任有意见。

因为赵六。

赵六瘸着一条腿来找过村主任,当时,村主任不在家,村主任在旺五屋里喝酒。

赵六把一马甲袋刚刚起锅的油馓子递给村主任的母亲。赵六出了车祸后,在村头开了间小吃店,生意轻薄,仅够油盐酱醋。

赵六吞吞吐吐一副为难的样子。

母亲说:"大侄子,什么事?"

赵六说:"眼看孩子上大学,想要村主任帮帮忙申请一份低保。"赵六老婆有慢性病,能吃不能做。年轻时就这样。

母亲与村主任说了,村主任说:"等等。"

过了一段时间,母亲在村头遇见赵六,赵六又要送油馓子,母亲惭愧得脸都红了,摆着手说:"大侄子,我这就回去问问。"

母亲又与村主任说了,村主任又说:"等等,等等再说。"

母亲说:"等什么等,听说旺五在吃低保,吃了好几年了。"母亲不明白,身强力壮、脖子与脸盘子一样粗细的旺五凭啥吃低保?

母亲觉得对不住赵六,拎过一箱子水果去找赵六,小吃店门关着,赵六陪老婆住院去了。

小吃店门口聚集着一帮子村人,正在议论低保的事。看见村主任的母亲,声音压下来,大意是说邻村的村主任被想吃低保的村人给告了。母亲的心一提又一沉,便觉村人看自己的目光怪怪的。

母亲从头到脚凉飕飕的。她决定帮帮赵六。

母亲在城里头做街道保洁,好几年了,认识许多饭店老板。母亲与这些老板达成协议,由她帮忙倾倒饭店垃圾,饭店附赠泔水。母亲又说通了赵六,让赵六去抓几头猪苗。母亲不骑电瓶车了,改骑三轮车。三轮车得起早,得赶在交通警察前头。

母亲把泔水桶一只只朝三轮车上搬,中途又咳了一阵,血腥味一股一股往嗓子眼冒,拿巴掌掩了,一咳,一坨血。她赶紧朝自来水笼头跑去。

村主任过来帮忙,说:"不听我的,生病了不划算。"

母亲气呼呼地:"生病就生病,总比被别人戳脊梁骨强!"

母亲做的是上午班,不拉泔水的话,中午就可回家了。

适逢周末,大小饭店宾客盈门,生意好到爆棚,泔水桶只只要溢出来的样子。母亲跨上三轮车时,城市早已换了颜色,披上了璀璨的外衣。今天三轮车特别特别的沉,沉得蹬不下腿去。母亲看着自己的身影一会儿歪到这边一会儿歪到那边,一会儿伸得长长的似竿子,一会儿一点点缩成一个团,感觉家好遥远好遥远。赵六的猪再过一个月就能出栏了,这一栏出去得再抓一栏回来,争取一年出两栏,这样一年下来起码赚两三万。母亲与赵六算过了,比拿低保划算。但是赵六嘴上说谢,心里仍想吃低保。这一点母亲看得出来。

前面就是闸桥,过了桥,左拐五分钟,就到家门口了。快达坡顶时,母亲又是一阵剧烈的咳,咳得眼冒金星。下坡时,母亲一阵欣喜一阵晕眩,手一松……

今天,村主任的眼皮子"扑通扑通"跳了一天,村主任想,要出事肯定出在母亲身上,他得与母亲好好谈一谈,要么去医院检查检查,要么待在家里休息休息。

往常这时,母亲肯定回来了。

村主任心慌慌的,感觉不对劲。

村主任经过闸桥时,看见母亲的三轮车四脚朝天倒扣在路边,四周泼洒着散发酸腐味道的泔水。几个行人在说伤得不轻啊……差一点啊……

"该死的!"村主任狠狠地抽了自己一耳光,朝医院奔去……

父 亲

老实说,我宁可听父亲说他的老胃病癌变,也不要听他结婚的消息。试想,一个耄耋老翁,人家怎么看待?

当时我正往鱼锅里倒酱油,接了父亲的电话,手一抖,一瓶酱油泼了半瓶。

我赶紧打电话给姐姐。姐姐咬着牙说:"得寸进尺,我就知道有这一天!"

原来,姐姐已得到了消息。一般情况下,父亲总是先给我递个信,再由我通报给姐姐。看来,父亲是铁了心了。

第二天,我记得那天下着雨,姐姐开车来接我,一路上,姐姐一言不发。我忽然想起今天是妈妈三周年忌日,禁不住悲从中来,泪水像车窗外雨珠。

父亲仍是老样子,没有想象中衰老,甚至,比三年前胖了许多,红润了许多。他的头发刚刚染过,黑得扎眼,猛一看,竟有几分朝气蓬勃的景象。

父亲不因姐妹俩三年不登娘家门而有所表示,面对妈妈遗像,独个儿正经端坐。我与姐姐坐也不是站也不是,一时间不知从何说起。

终于,父亲目光开始游移,避开姐姐,转到我脸上。

父亲说:"我遵从你们意愿,让你们妈妈陪了我三年。"

像这些重大场合,我一向把发言权留给姐姐。姐姐是锅炉厂质检部经理,办事干练,说一不二。但是,姐姐说服不了父亲,眼睁睁让一个叫田姨的女人踏进了家门。

一开始,姐姐是请田姨来服侍妈妈的。

妈妈被推进手术室那刻起,父亲就没离开过医院半步。姐姐是不好请假的,我虽没姐姐出息,上班时间也不好随便脱身,仅仅一礼拜,父亲倒下了。我与姐姐顶了两个夜班,也感觉头重脚轻。

平心而论,田姨是个贤惠的女人,话不多,手脚到位。妈妈咽气时,恰巧我们都不在旁边,唯田姨在,为此,姐姐多付了一个月工资给田姨。未想,不过一个月,父亲说要把田姨请回来,说需要一个保姆。

姐姐说:"你好手好脚的,请什么保姆?冷清的话,我们常回家看看。"

父亲两颊抽动了一下,样子比哭还难看。他挥挥手说:"你们只管忙好自己的事。"

我知道父亲的言外之意,一个教了数十年学的旧式书生,知道什么叫涵养。

父亲说:"田姨会调理伙食,这段时间,我的胃病好多了。"

这段时间?难道……

我与姐姐几乎同时冲进父亲的卧室,凑在平展展的床单上搜寻,果然,发现了一根半白半黄的长发。这条鹅黄色床单,妈妈一直舍不得拿来用,还说过让我拿回家去。

我与姐姐转身冲进父亲收藏室,父亲不抽烟不喝酒不打牌,一辈子心血都在九百九十九的把壶上面,一把一款式,一把一学问,横贯唐宋元明清数个朝代。姐姐朝跟在我们身后的父亲说:"若想保姆进门,先把这壶处理掉。"

父亲说:"现在不行,等我老了!"

姐姐摔门而去。我紧紧跟上。

事隔三年,姐姐的话仍然浑身长刺:"是该让妈妈走了,好腾空地方贴红双喜!"

父亲说:"贴什么贴,一大把年纪的人了。"

姐姐说:"还是那句话,趁早把壶分掉。"

父亲说:"该分的时候要分的。"

姐姐说:"那你今天让我们来做什么?"

父亲说:"一起吃个饭,向你们妈妈告个别。"

姐姐说:"你一定要结婚,就把壶分掉,如果不分壶,就别结婚,如果你既结婚又不分壶,休怪我们姐妹无情!"

父亲的脸当时就白了。

过了几天,父亲打电话给我,说分壶。

我说:"怎么想通了?"

父亲说:"不想失去你们。"

父亲在每把壶上面贴了标签,注明了壶色、壶形、壶款、壶章、年代……父亲说:"这样做是怕你们糟蹋了壶。"父亲仿佛一夜之间衰老了,拿壶的手不停颤抖。

给父亲说中了,这些壶到了我们手上,还真的成了一堆废物,拿出来碍脚碰手,角落堆着,不小心踩坏了几把。朋友来玩,觉得稀罕,拿走了几把。

父亲想壶,想得寝食难安,熬不住,跑到我家里,跪在地板上,把壶一把把排开,那眼神,充满怜爱、疼惜、依恋,像面对儿时的我们。

父亲说:"少了。"我说:"没少。"父亲生病了,田姨打电话过来时,父亲不吃不喝好几天了。

我赶紧通知姐姐。

父亲一个劲掉眼泪,田姨也跟着掉眼泪。田姨说:"我要么离开这里,要么写个纸头,保证不拿走一把壶。"

姐姐说:"什么都别说了,我们把壶送过来。"

不料父亲说:"我想清楚了,为了让更多的人了解壶,为了壶文化发扬光大,我准备把壶捐给城市博物院,以你们姐妹俩名义,怎么样?"

姐姐说:"父亲咋现在才想起。"

我说:"父亲现在想起不迟呀。"

跑步机

老李入住幸福小区后,压根儿没动用过自家马桶,小解去楼下草坪,大解去公厕。老李说抽水马桶太小家子气,会得便秘。

一晚,老李从公厕出来,听隔壁活动室人声鼎沸,便束紧腰带跑过去。活动室增设了一台跑步机,跑步机上耷头撅腚的不是别人,正是老李的冤家老智。

老李与老智同庚,一块儿在幸福村滚打摸爬了大半辈子,先是比高矮比力气比工分,后来比婆娘比孩子比房子,比来比去比成了死对头。

老李来了灵感,指指围拢跑步机的男男女女,说:"自觉点,自觉点,轮轮,让大家轮轮!"

老智装没听见,头耷着腚撅着,脚步搬得更加欢实。

老李对准开关,用力一按。

老智横了老李一眼:"先来后到!"

老李翻着白眼:"哟哟哟,先来……后到?他们……大家……这么多人,你好意思?你跑得比别人好看是不是?"

老智站直了身子,说:"我这就占着了,你打算怎么办?去去去,一边去!"老智去掰老李手指。

两人的脸皮一青一白。

围观的男女兴致勃勃。

恰巧,老李婆娘跳完广场舞从这经过,拉走了老李。

老李跟在婆娘身后,一路嘀咕:"当年村里分猪肉,他拣了块大的说先来后到;前几年拆迁,他又是第一个签字第一个选房,要不是亲戚当着什么什么官,能轮到他?哼!"

老李怎能不气,同样一排楼房,老智多赔了十来万。

老李翻来覆去一夜,天亮就盼日头往西滚,未等天黑又去了活动室。谁知老智已经横在门口,只等门一开,三步两步蹿上了跑步机。

老李追上去:"你不是发了横财吗?换我,自己买台跑步机!"

老智知道老李的意思:"你也争口气发发横财去!"说完便不再理睬老李。

老李眼睁睁围着跑步机干转,转啊转钻进公厕,咬牙切齿排泄了一通。出来时,跑步机上换了人,老智不在了。

老李一下没了兴致,回去了,睡觉了。

第二天,老李没顾上吃晚饭就去了活动室。七点门一开,老李学老智样儿,三步两步蹿上了跑步机。

老李呼哧呼哧当口,老智来了。老智一声不吭,挨着跑步机开始原地跑步,昂首挺胸,嘴里还喊着一、二、三、四……老李看老智比自己得劲,伸手调快了速度,两条腿却没跟紧,一个趔趄,扑通,摔倒了。

婆娘骂骂咧咧的,说都是闲出来的,实在没事干到乡下弄块田种种去!

虽然并无大碍,婆娘还是向孩子做了汇报,免不了又是一番抱怨。远在异乡的孩子很有孝心,自作主张邮回来一台跑步机。

老李压根没打开包装。老李舍不得水更舍不得电。

等恢复过元气,老李又去了活动室。跑步机却一动不动了,像一头病恹恹的牛趴在那。原来这跑步机不是村里的,是某某迁

居国外时捐出来的。

婆娘说:"要不把咱跑步机搬过去,公家的电,不用白不用。"到底自家婆娘,说到了老李心坎里。老李考虑了一番,此事一定要大张旗鼓进行,别人晓不晓得无所谓,老智不能不晓得,这跑步机是老李的,是老李自己花钱买的。

不料惊动了刚刚聘任过来的大学生村干部,视频一拍,美文一配,网络一转,哇,摄像的来了,拿话筒的来了,市台黄金时段一播,老李成了"爱国、爱社区、助人为乐、大公无私"的中国式好人!

再说老智。

老李玩这一出时,老智正在美国,答应儿子待半年,只待了二十天,憋不住了。老智居然做梦了,梦见了老李,老李在跑步机上,真叫个欢畅!

老智回来那天,正值傍晚,他丢下行李,直奔活动室而去。

跑步机上不是老李,老李在婆娘屁股后面学跳广场舞。

老智吃不下睡不香,眼睛一眨,他咋就成"好人"了呢?别人不知他底细我老智还不知?老智几次跑到村委,想反映反映,或者说揭露揭露,但是,能反映什么能揭露什么呢?不管怎么说,人家确实把跑步机扛到村里了呀;不管怎么说,村里人在跑步机上锻炼呀。

老智真是郁闷死掉!

老智想,活人总不该让屁给憋死,这口气输不得,万万输不得,不就一台跑步机吗?

老智挑了个好日子,把一台带视频功能的跑步机扛进了活动室。

老智问老李:"怎么放?"

老李一副不屑一顾的样子,甩甩手说:"靠着,并排。"

奶奶的亲戚

奶奶说:"囡你快认字,等认满一箩筐,搬纸上去,装信封,给奶奶寄亲戚去。"

爷爷"嗤"地笑了,爷爷说:"囡你不心慌,慢慢认,你奶奶是越老越作梗。"

我这边紧赶慢赶的,奶奶又发话了:"囡替奶奶写,奶说一句,囡写一句。"爷爷又"嗤"地笑了。爷爷说:"当初不是说无牵无挂、无亲无故的嘛,临了别弄个老家伙、小家伙出来。"

奶奶说:"是兰妹子。"

奶奶说:"兰妹子,不知咋的,夜里常常梦到你,梦到与你扎针刺绣、盘发弄髻、纺纱织布……"

我边写边说:"兰妹子? 我怎没听说过?"

奶奶目光悠悠似一条线,我随"线"看过去,蓝莹莹的天际,挂几朵白云。奶奶是把白云当成了风筝。我伸过手在奶奶眼前晃了晃,"线"断了,奶奶目光跌落了,奶奶神情忧郁地看着我,说:"奶奶老了,谁替奶奶端茶水倒马桶?"

我说:"我呀。"

奶奶用手指戳戳我脑门:"小妖怪,长大了要嫁人。"

我说:"奶奶,信完啦?"

奶奶说:"告诉我的兰妹子,要说的话儿一箩筐一箩筐,让她准备一根扁担挑。"

十多天的样子，我把一封信递给奶奶。爷爷朝我摇摇头，又朝我眨眨眼。

奶奶抓着信的手在颤抖，眼睛像着了火，一个劲催促："囡你快念，快念念。"

我只好把箩筐里的字一个个往外搬，搬砖头般吃力："桂姐姐……"奶奶小名桂花，叫桂姐姐应该合适。

奶奶一拍手说："我的兰妹子，果然记着桂姐姐。"

吃力归吃力，我还得继续搬："我也想念桂姐姐，接到桂姐姐来信，高兴得一夜合不拢眼睛。小时候，我与桂姐姐最热络。"

"再念，再念下去。"奶奶似乎越来越激动。

搬不出了，箩筐空了。我纳闷，那个兰妹子为何把信退回来？

奶奶要过信，折了折，塞进枕头芯。奶奶所有的宝贝都藏在枕头芯，包括一副狗尾巴草般粗细的金耳环。奶奶说这耳环是她的命根子。我说奶错了，我才是奶的命根子。奶奶说是是是，都是我的命根子。为这话，爷爷还生过气，爷爷说这是欺咱买不起金子。

这往后，奶奶腰板拔了直，动不动操着令人费解的蛮子口音告诉人，她亲戚来了信。爷爷声音稍微高了些，奶奶也会说："什么时候去娘家走动走动。"

爷爷挥挥手说："去去去，爱去不去！"

过了些日子，奶奶又要我写信，仍是兰妹子。爷爷冲我点点头。

奶奶说："兰妹子，我的好妹子，那国民党军官本来要带走我们两个，你鬼机灵，从后窗逃了出去。都怪我一念之差，贪图荣华富贵，谁料半道上军官一命呜呼，临死仅赠我一副金耳环。我沿路乞讨，流浪半年有余……"

我打断奶奶,我说:"奶奶不怕爷爷生气?"奶奶说:"生什么气?你爷爷懂。你爷爷命硬,克死了你三个奶奶,不然能轮到我?"

我说:"奶奶,叫不叫兰妹子来玩玩?"

奶奶说:"叫,来晚了恐怕见不到面了。我七十整,兰妹子七十虚。"

又是十多天的样子,信又退回来了,爷爷朝我摇摇头,又朝我眨眨眼。

奶奶抓着信的手在颤抖,眼像着了火,一个劲催促:"囡你快念,快念念。"

"桂姐姐……"

奶奶一拍手:"哎,我的兰妹子。"

"桂姐姐,我想去看看你,可惜腿脚不方便……"

奶奶腰板越来越直,动不动用她那别具一格的口音告诉人:"亲戚又来了信,说腿脚不利索,不然早来看我了。"爷爷稍有怠慢,奶奶也会说:"回娘家去,找兰妹子做伴去。"

后来几年,奶奶总让我写信,我照例把退回来的信编排给奶奶听,奶奶总听得有滋有味,奶奶的枕头芯,越来越硬实。

奶奶说倒就倒了,不吃不喝,只捧着枕头,念叨兰妹子。

我决定去奶奶家乡,去寻找奶奶唯一的亲戚——兰妹子。

我坐上了开往奶奶家乡的火车,一路上,我一直在后悔,为什么不早点带奶奶回家乡。我在奶奶家乡停留了两天,碰一个问一个,碰一个问一个,都说,没听说过有个叫兰花的。我说桂花呢?她们俩一般年纪。这些被我问到的老人、妇人、孩童,都说只有叫翠花的,要不要去喊来?

我不忍心奶奶不明不白地离开,我想我若是奶奶的亲孙女,奶奶准不会动寻亲的念头。

我俯在奶奶耳边说:"奶奶,我去了你的家乡,没寻着兰妹子。"

奶奶用虚弱的声音说:"囡,是我骗了你骗了你爷爷,当年兰妹子从后窗跳出去,脚未落地,就被乱枪打死。"

奶奶指指枕芯:兰妹子走得急,落下了这副金耳环。

一棵树的前世今生

富贵看上我时,我还是株树苗。富贵把我托在掌心,像欣赏自己的孩子,看着看着,"哇哇哇"笑开了:"来来来,再挑一株,是双胞胎呀!"富贵一手一株,左看右看,又"哈哈哈"笑开了:"一模一样,像我那俩小子,一模一样哈!"

富贵当上了爹,大宝二宝一对双胞胎小子的爹!

富贵说十年树木百年树人,富贵说咱要看看到底应不应这个理。

富贵说我是哥哥。

富贵说哥哥应该站上手。被叫弟弟的那株,就安排在了距我不到十米的西侧。富贵一手大宝一手二宝,东瞧瞧西瞧瞧,笑得"嘎嘎嘎"的,我好像也在笑,浑身窸窸窣窣的,每片叶子都在抖动。

转眼,大宝二宝挣脱了富贵的怀抱,会一口一声哥一口一声弟了,会围着我绕来绕去了。

就在大宝二宝围着我绕来绕去的那年夏天,倏然刮过来一

股猛烈的飓风,富贵看苗头不对,试图拿木棍、绳子来救援时,被富贵叫弟弟的那棵,"咔"的一声拦腰折断。

从那往后,富贵"哇哇哇""哈哈哈""嘎嘎嘎"的笑声明显减少,偶尔笑出来,也是"吱吱吱"的。我管不了那么多,我仍像大宝二宝那样,无忧无虑、快快乐乐,春来了——"咯咯咯";夏来了——"咯咯咯";秋来了——"咯咯咯";即使大雪压枝的冬天,依然傲然屹立。

终于有一天,富贵一拳头击在我碗口粗的身躯上,大声说:"长成啦!"

富贵与周遭的人儿一样,不止一次地翻盖房子,第一次,盖了四间平房,我听见富贵早叹息晚叹息,说儿多苦多。那时,几乎听不到富贵的笑声了,哪怕是"吱吱吱"的笑声。大宝二宝正争着去当兵,名额却只有一个。带兵的看这对双胞胎兄弟打闹得难解难分,干脆一个不要。

第二次,不知道算不算盖房。富贵下定决心般把四间平房屋顶给掀掉,压上齐崭崭的水泥板,又在水泥板上砌了一层。富贵累得手脚分了叉,用背脊支撑着我,边喘气边自言自语:"老子就这么点能耐,分不分是你们的事了。"我低头一看,哎呀不好,富贵的头顶像落了一层霜。

我心一酸鼻子也一酸,窸窸窣窣卸下好几片叶子。不知富贵懂不懂,我只能用这种方法安慰富贵,我若真是你富贵的儿子,才不分家呢,兄弟老少爷们和和美美,相亲相爱,永远一家!

楼房盖完,富贵脚软手软什么也盛不起了,富贵得的病叫"富贵病"。大宝二宝眉头紧锁,吆喝着让自己的孩子离富贵远点再远点。富贵也识趣,夜晚蛰伏在楼下偏房里,白天呆坐在我的荫翳里。富贵时常朝我自说自话:"养儿不如栽棵树啊!"

我应该替富贵争口气。我对自己说。

眨了几回眼睛般,我又粗了一轮又高了一截,口口相传中,我变成了一棵独一无二的树,一棵方圆百里内独一无二的树!

传言犹如翅膀,扇来一拨又一拨大江南北的树贩子。开出的价,使富贵的嘴巴张得像口井,口水像粉条。富贵不是划算不来,这笔钱,足够余生服上好的药品吃上好的饭菜,足够让自己在儿子面前抬起头挺起胸。

富贵颤颤巍巍挪到远处,眯缝着眼睛,打量了我半晌。贩子们乐了,老爷子总算开了窍。是呀,有福为什么不享呢?留给后人谁领情呢?

贩子们蜂拥而上,一张张笑脸似一圈圈红太阳。富贵摇摇头,开口讨要一张纸,一张白纸。贩子们七手八脚呈上,富贵说谁笔头好?帮忙写份遗嘱。富贵还让人带信召来了村主任。

这场面发生在许多年许多年前头。

除了我,世上的人儿,有几个还记得?

富贵立过遗嘱不到半月,走了。

富贵没走远,只是换了一种方式,一种更安静的方式——富贵的骨灰,就埋在我脚下。

后来,大宝二宝也相继离开。这对双胞胎兄弟遗传了富贵的"富贵病",一旦发觉,即肝癌晚期。大宝临终前,与一向不和睦的二宝做了交代,把富贵的遗嘱转交给了二宝。

二宝临终前,叫回了大宝的儿子,大宝的儿子据说是个人才,是方圆百里内数得出来的出息小子!

听到这个喜讯,我激动得跟什么似的,窸窸窣窣,窸窸窣窣,顷刻,叶子纷纷扬扬铺洒一地,我说过,我只能用这种方式。我告诉富贵:"我没白来,当年你富贵没白白看上我,没白白抬举我,至少,我替你富贵的后人旺了风水。"

那天,大宝的儿子突然出现在我面前。好小子,都不敢相认了。他对着地底下的富贵也对着我说:"爷爷,这块地要拆迁了,这是政府的决策。爷爷你是明理人,肯定举双手赞成。之前,大家遵了你的遗愿,一直没让你离开这里。但是现在,爷爷你要走了,这树,也要走了。孙子已替你选好了新的住所,那边不但有树,而且绿树成荫。至于这棵树,也作了妥当安排,将作为文物,捐献出去,迁移至城里博物园。这种归宿,是最好的,也是爷爷乐意看到的。爷爷,你的遗嘱完成了使命。"

大宝的儿子从随身携带的皮包里掏出一张纸片,雪花般的纸屑和着窸窸窣窣的树叶翩然起舞……旋转……

善　良

面对团团围过来的警察,我说我没有犯罪。

从头至尾,我没敢动孩子一根手指头。我只是趁孩子出来买鸭脖之机接近了他,问他愿不愿意去玩"探险王国"。当然,之前,我已在孩子的住所附近蹲守了一星期。

不要把我想象成吃饱了撑的、无事生非、敲诈勒索那种,兔子急了咬人,狗急了跳墙。

孩子的父亲是我老板,哪有九个月不发一分工资的老板?我硬着头皮去磨是因为我娘心脏病复发,我弟也跟着犯,我娃眼看着开学,一家人盼星星盼月亮般指望我弄钱回去。我说哪怕预付一部分,几百也行。老板没料到我这么穷而且又这么拧,眼皮懒得抬,脸皮始终像块水泥板。我想实在不行就下跪,虽然娘说男儿膝下有黄金。但是老板不给我机会下跪,老板挥挥手就让保安把我轰了出去。我觉得我像条狗。还得看是条什么样的狗。

我认定老板的心是石头做的。

我冥思苦想了六昼六夜,对付石头只得用这种办法。

没想到这孩子这么好上手,一点不像他那老板爹生养出来的。

本来,是准备带孩子去"探险王国"玩。三岔口,却拐上了去江边的道。我想我是想家了。

孩子发觉后,吵着闹着要回去:"奶奶在等我,十分钟不回奶奶就急。奶奶腿坏,不能走路了。奶奶说谁带孩子走谁是坏人!叔叔你是个坏人!"

我怕孩子从电瓶车上摔下来,干脆牵着他弃车步行。

我指着水天一色的远处给孩子说:"顺这江一直一直往上走,就到了叔叔的家,那儿全是山,山坳坳里全是草。叔叔像你这么大就开始放羊,后来,不放了,出来帮人做活,做来做去碰上了你爸爸这种不肯发工资的坏人!叔叔不认字,只能认个死理儿,羊放久了还跟咱亲呢。叔叔不认字,吃了许多亏,叔叔不能再让娃不认字。"

孩子扑闪着黑漆漆的大眼睛,认真看着我,举着鸭脖说:"叔叔给你吃鸭脖。"又腾出一只手去掏裤兜子,掏出来几张纸币几枚硬币往我手里塞。孩子说:"不够,再问我爸爸要。我爸爸包包里有好多好多钱。"

我把孩子的手推回去,忍不住把他抱起来。我怀疑这孩子,根本不是他那老板爹生养的。

孩子觉得努力失败,开始挣扎:"我要回去!我要奶奶!"

我慌了神,似乎听见了自家的娃在哭。赶紧捡了石片儿,教孩子玩"打水漂"。我说叔叔这就给你奶奶打电话。按计划,是直接给老板打。

奶奶已经吓破了胆,歇斯底里喊叫着:"老天爷,你是谁呀?为什么要绑架我孙子呀?你想干什么?你可不能害他啊!千万不能啊!"

孩子却在我身旁破涕为笑,一蹦三尺高:"奶奶我在江边玩呢!"

我说:"我家也有娃,让你儿子亲自来。"

万事俱备。

我心安理得地挑了块石头坐下,胸有成竹的样子仿佛屁股底下的东西不是石头,而是即将到来的老板的那颗头颅。

就像开头所说的,犯下绑架罪的我,"咔嚓"被老板带来的警察铐住了。

身后,孩子仍在喊:"警察叔叔别带叔叔走。叔叔是好人!坏爸爸,快去救叔叔!"

我狠狠一扭头,娘说男儿有泪不轻弹!

认 爹

张总是在晨跑时看见"爹"的。

当时,张总正准备穿越城市广场,无意中头一扭,撞着了

"爹"的侧影。

爹起死回生了？

明明在爹的坟头烧了十年的纸钱了。

爹送信儿来了？

爹说过,故世的亲人还阳,不是灾就是祸。爹曾看见自己死去的爹在前面赶路,爹欲去喊欲去追,眼一眨,没影儿了。不过几天,爹的娘一病不起。

张总看看明亮亮的天绿油油的地,搬动笨拙的身躯朝"爹"走过去。

张总已彻底发福,体重由初出江湖时的五十公斤涨至现在的一百公斤。圈内人士分析:张总每增一公斤肥膘,资产随涨一百万。张总不承认也不否认。有一点必须肯定,肥膘是不能再繁殖肥膘的了,以张总一米六五的骨架结构,按照建筑受力分析,必须设计个什么架来支撑了。

手下人急张总所急,尽心尽力推荐了数款减肥妙方。张总选择了快跑,晨跑两小时,夜跑两小时。

"爹"蹲坐的位置距这座城市最繁华的农贸市场只几步之遥。

"爹"屁股底下垫着一只蛇皮袋,前面摊着碧青碧青的嫩蚕豆。这画面,张总熟悉不过,老家县城一隅,爹以这种固定的姿势给张总换来年复一年的学业。

张总从未见过娘。爹曾摸着张总的头说想娘时,你就照照镜子看看自己的脸。

眼前的"爹",兰卡其衣裤,绿色胶鞋,微微佝偻的身躯。连那卑微不失慈祥的神态,也与爹一个模子呀!

"爹"看住张总,指着蚕头巴结道:"新鲜呢,半夜沾露带水採上岸的！"

张总捏了捏发酸的鼻子。

有次出差途经老家，爹三更下田，摘了这样又摘那样，爹说："沾露带水的，新鲜啊！"

"爹"一只手撑着蛇皮袋，一只手握住秤，作势站起来时，打了个趔趄。

张总跨前一步扶住"爹"。

"爹"有些不好意思，说："人一老就不中用了。"

雾气笼罩了张总的眼眸……十年前的一天，爹到城里去卖米……

爹侍弄了五六亩稻子。

之前，爹打电话告诉张总，今年稻穗儿比你小时候的胳膊还饱满，等这季稻子卖完，把房子翻一翻。

爹所说的翻，是把砖地变成瓷砖地；石灰墙变成瓷砖墙。爹说过，怪不得男男（孙子）不肯回来，是嫌我脏。爹去了一趟张总家，才知儿子家的地能当镜子，墙也能当镜子。

张总说："别翻，我正打算接您过来呢。"

爹回张总："哪也不去，老胳膊老腿的，待在老窝里安生。"

张总大学毕业去了省城，头几年替老板打工，后来自己筹备公司。张总的专长是建筑，张总就做了开发房屋的张总。要不是老家地处旮旯中的旮旯，这份心还能轮到爹来操？

爹那电话打过不久，张总接到了堂婶的电话，婶说孩子你别急，上了年纪的人，保不准哪天啊，你爹在县城卖米时，一头栽了下去……

张总提了钱急匆匆往回赶。

以往，张总回去总要带一沓沓的钱给爹，爹总是神不知鬼不觉地让这些钱随张总打道回府。

办完爹的丧事，张总又要去县城，张总要感谢打了120的目击者，张总要知道爹一头栽下去之后有没有吭一声。

堂婶说："别寻了，目击者没留下姓名。不过有一桩事你爹拜托过我，现在是告诉你的时候了，你是你爹捡来的，当时，你像一只病恹恹的猫。捡你的地儿离咱不远，寻不寻亲，你爹说由你自己做主。"

张总惊呆了……

小时候，张总因个头矮小而经常被同学欺负，爹哄着，等乖儿脑瓜里的东西比别人多时，自然没人惹了；第一次高考落榜，张总裹在被单里不吃不喝，爹抚摸着张总依然瘦弱的身躯安慰："乖儿，爹不怪你，咱爷俩再合作一次，还有机会"；刚出校门那会儿，举目无亲，工作不顺，女友又提出分手，张总蜷缩在街角小酒馆的当口，爹来电话了，爹长了千里眼似的："乖儿，夜了，早点睡下啊。"

张总揉揉眼睛，对面前的"爹"说："这些蚕豆我全要了。您家里的其农副产品，以后由我负责上门收购。"

"爹"没听真切，侧过耳朵说："孩子你说啥？孩子你是菩萨派来的？是菩萨让你替我过世的儿子报恩来的？"

张总说："是我过世的爹让我这么做的。"

"——哎——哎。""爹"应着，撩起衣角擦了把眼泪。

寿　宴

庆山拿了张一万的存折准备去镇上取。

喜妹说:"等等,先回趟泓湾探探风声,不要弄得跟去年似的。"

去年,庆山七十九。庆山兴头头搬出一万,准备了二十桌的菜,岂料,临了只盼来喜妹两个女儿。

泓湾人说寿宴不请自然来。庆山当了二十年村支书,经历的寿宴数不清,都是庆山拎了酒拎了面自己跑过去的。

庆山说:"探风声探不出名堂,他们肯定装聋作哑,不如直接请他们得了。"庆山说的"他们"是庆山的一双子女。

庆山嘴上说"请",心里一百个不情愿,丢脸!把老脸丢尽了!转念一想,丢就丢吧,老脸早在十多年前就丢尽了。

庆山六十刚过,老婆去世。孤灯只影,免不了辗转难眠,久了,犯了失眠症,硬把自己瘦成一把骨头。那时庆山已经卸职,在丧事乐队吹大号,一次去邻村,认识了丧夫的女主人喜妹。

喜妹出嫁的女儿不说同意也不说不同意。

庆山这边风起云涌,儿子从镇上搬了回来。女儿三天两头吵回来,说来说去说喜妹奔钱而来。本来,儿女对庆山就存有一肚子意见,女儿怪庆山当年没推荐其上工农兵大学,把机会让给了别人。儿子怪庆山没把其塞进部队。当年儿子体重没达标,少半公斤。

庆山捧出七万。庆山想只有把家底瓜分才得太平。

儿子说:"谁能证明只这点点?"

庆山说:"我对天发誓。"

儿子说:"往后呢,往后打算怎么办?"

"往后我一天老一天,说不定哪天就吹不动了。"

"吹不动?你还晓得吹不动?"儿子斜睨着喜妹。

女儿说:"哪天这骚货倒下了咋办?"

庆山说:"反正轮不到你们来管。"

儿子说:"反正这摊屎你吃定了!"儿子语气越来越狠。

庆山说:"我失眠你们管过吗?"自从来了喜妹,庆山失眠症不犯了,长胖了。

女儿啐了一声:"骚货!一对骚货!"

喜妹觉得忍无可忍,指着女儿说:"你不看看你自己是个什么东西!"女儿有男人,又搞了人家的男人,夫妻打架常事。

喜妹的话无异戳翻了马蜂窝,女儿张牙舞爪扑向喜妹,庆山欲去护,被儿子拦住,父子像两头公牛,要不王婶来得及时,庆山要吃大苦头。不过,喜妹已经吃了苦头,一撮头发连皮搭肉扯了下来。

喜妹收拾收拾东西走了。

庆山又开始失眠。庆山打电话给喜妹,喜妹抽抽噎噎说:"被打怕了,天天做噩梦。"庆山说:"别怕,我这就过去。"

离开泓湾的庆山仍在丧事乐队吹大号。

有次乐队来泓湾,庆山想到自己屋里坐坐。进不了,门换了锁。

反正,老脸早在十多年前就丢尽了,顶多再丢一次。以后不回泓湾了,永远不回。庆山边走边想。

王婶看见庆山在村道上走走停停,一愣。庆山苦笑说:"来看看……"

王婶晓得庆山进不了门,说:"去我屋里坐坐。"

村人正在王婶屋里玩扑克。

王婶儿子是村里第一个大学生,如今在中央直属机关工作,加上王婶生性敦厚,村人把王婶当王母娘娘来崇拜。

王婶奉上儿子捎回来的"铁观音",说:"庆山哥喝口水。"王婶一向喊比自己大几岁的庆山"庆山哥"。

王婶说:"庆山哥,啥事呢?"王婶晓得庆山无事不登三宝殿。

庆山只顾摇头。

王婶看看庆山霜一样的胡须,说:"庆山哥该八十了吧。咦,去年咋没闹寿宴?今年要闹,一定得闹!"

庆山开口了:"不知他们怎么想?"

王婶说:"什么怎么想?老话七十古来稀。上人活八十是做子女的福气,不闹说明他们太不明事理了!"村人附和说谁不晓得老支书是个大好人,苦劳功劳大家都记着,他们不闹大伙儿闹。

王婶说:"回来闹,带上喜妹。"

庆山说:"回来怕不合适,在那边十多年了。"

王婶说:"庆山哥你生是泓湾人死是泓湾鬼,这寿宴一定得在泓湾闹,闹定了,看谁敢说不!"

是闹定了,寿宴那天,泓湾像过大节,天空烟花笼罩,地上热气腾腾。

庆山醉醺醺的,悄悄喊过儿子,递过一张十万支票:"你们喜妹阿姨是个好人……老好人……"

儿子说:"留着吧,防防老。"

庆山说:"放心,我这精神,再吹十年没问题。"

十 年

大哥从天而降那天,像个人物,村人纷纷涌了过来,比看新娘子还新鲜,比村里主干道通车还热闹。大哥的车,认英文的说能拔地造幢别墅;大哥的衣,摸上去像雪花般柔软;大哥身旁的娘子,要长相有长相,要气质有气质,比城里人还城里人。村人幡然醒悟:人物就是人物,人物生来与众不同。

大哥是祖父母带大的。大妈生下大哥就随大伯去了外地。

祖父母衔在嘴里怕化,捧在手里怕摔,又怕白糖米汤喂不壮大哥,重金雇用了奶妈;担心奶妈奶水不足,又额外养了一群鸡。直把大哥伺弄得虎头虎脑、皮皮实实、要风得风、要雨得雨、要月亮搭梯子。

这梯子,还真搭了。

那是个满月夜,大哥指着一轮大圆月吵着要吃"亮粑粑"。祖父说:"除了孙悟空,谁也没能耐腾云驾雾?祖母说:"除了嫦娥,谁也没本事飞月亮去。"大哥挠着祖父闹:"你就是孙悟空孙悟空。"挠着挠着把祖父丝瓜皮一样的脸挠出了一道道红杠杠。完了,又去挠祖母:"我要你做嫦娥做嫦娥。"

祖母催促祖父去屋里扛桌子。

祖父扛过桌子,祖母搭上一条凳子。祖母吩咐祖父站稳。祖父抱过大哥举过头顶:"宝贝儿,这下够着了吗?"大哥晃着手说:"拿不着拿不着。"祖父说:"我踮脚我踮脚。"刚说完,祖父脚下一晃……这月夜,大哥瘸了一条藕节样的腿。

数年后大伯大妈回来,并不待见这个缺少父爱母爱的大儿子,开口"脚子"闭口"脚子",旁人更加肆无忌惮。

大哥自觉矮人一截,天天逃学。大伯挥舞毛竹梢子,像赶鸭子。大哥终是去了,弯一拐,不是吊挂上了桑树,就是钻进了墓穴。从墓穴里爬出来的大哥双目发光,说除了累累白骨,还看见纠结成团的白蛇、青蛇。胆小的村妇脸色苍白,又呕又吐,指着大哥说鬼来了。大哥龇牙咧嘴道:"真看见鬼了,排着长队呢,个个红鼻子绿眼睛呢,急匆匆的,像在行军呢。"

大哥不光道鬼事,还道人事:"某家夫妻昨晚打架了,打着打着像两条蛇,纠缠在一起……某家兄妹半夜辰光蹑手蹑脚钻进一个被窝……"

鼻红眼绿的大伯边骂边操起一根木棍,"呼"地打过去。大哥让两条长短不一的腿一并提起一并落地,一蹦一跳,像兔子样窜去。

大哥一年级上了三年,二年级上了三年,如果不失踪,会上第三个三年级。

大哥是从就寝的草屋走失的。走失前晚,大哥又把一桶猪食泼进了茅坑。跟踪而至的大伯拎起他一阵猛抽:"怪不得夜夜拱圈,怪不得……"

自从大哥出入墓穴,大妈就把一床破棉絮扔进连着茅坑的草屋。大哥没带走破棉絮,只带了几身衣裳。往祖父母的坟头添了几铲子土坷垃。

大伯踢一脚破棉絮:"呸,死掉拉倒!"

大妈附和:"省得惹是生非,跟着塌台!"

十年后,要不是从天而降的大哥仍拐着那条标志性的瘸腿,

恐怕连生他的大妈也难以辨认。

大哥油头光面、唇红齿白,金项链像狗链子,金戒指像村妇手指顶针。

大哥说自己是风水师。指着娘子说岳父是著名的风水大师。

大哥的公司开在城里,老婆、孩子安顿在最起眼的房子里。村人凡遇着盖房造屋、婚丧娶嫁、天灾人祸什么的,都要去找大哥。大哥仰靠在360度自转的老板椅上,说要不看在乡邻乡亲分上,懒得浪费时间。大哥的主要客户是大老板、官员,这些人巴结大哥比巴结自己双亲还厉害。

大哥把大伯大妈接到城里,神仙样供着。大伯大妈看见长孙像当年祖父母看见大哥。大哥说:"你们千万别插手,千万别宠他,你们只管享自己的清福。"

那也是十多年前的事儿了。

现在,大哥不仅是著名的风水师,而且是本地有名的慈善家兼残疾人协会会长。大哥创办的托老院,接纳了数十名孤寡老人。那天大哥邀我去参观,嘿,如临四星宾馆。那些老人,个个像活菩萨,争着喊大哥"儿子"。

我纳闷:"大哥你失踪那十年究竟去了哪?"

一向对此事讳莫如深的大哥一边品着普洱一边说:"小妹,你是写小说的,以后告诉你,替大哥写本厚厚的书出来。"

坐下来

一天,文阿姨接到了一个陌生电话,是外地口音。

对方兴奋地说:"终于找到你啦!"

文阿姨如坠云里雾里,问:"你是谁?"

对方说:"二十年前你可在 XX 路饮食店上班?"

文阿姨老公是知青,后来文阿姨以"半家户"身份进了城,没找到正儿八经的工作,一直在饮食店端端盘子洗洗碗。文阿姨身体不是很好,快退休时,生了一场大病,不干了,回家了。

文阿姨说:"在饮食店上班怎么啦,反正不认识你。"

对方说:"可记得饮食店斜对面盖过几幢大楼?"

文阿姨说:"那几年饮食店周围盖的楼房多了去了,密密麻麻的。"

对方说:"可记得有民工经常问你讨水喝?"

文阿姨说:"饮食店是露天码头,天天人来人往,哪记得谁跟谁。"文阿姨想恐怕是被骗子惦记上了。文阿姨办好退休手续即回到了乡下,与外界鲜有接触,几个半路朋友也是各忙各的,难得惦记自己一回。文阿姨想,如今骗子真是花样百出,无孔不入。

对方说:"我专程从外地赶来,只想看看你请你吃吃饭。你不放心的话,带家人一起过来。"

文阿姨说:"我不认识你呀,吃什么饭。"

对方说:"见面就认识了。"

文阿姨想自己无人可带。老公去世后,文阿姨一个人过。但是文阿姨觉得奇怪,对方到底是个什么样子的男人?文阿姨想他若真心想见自己,自会跑过来的。

过了几天,一个身材魁梧、脸膛黑红的汉子果然从天而降般出现在文阿姨面前。他看见文阿姨,仍像电话里一样激动,说:"没错,老样子!"

文阿姨说:"可我还是不认识你。"

对方说:"二十年了,我一直没忘记你,一直想与你坐下来,好好吃顿饭。"对方拿出一张老照片,文阿姨认真看了看,摇摇头。照片上的对方,年轻,清瘦。

对方说:"那时工地不管饭,为了省事,不是啃冷冰冰的饭团,就是嚼硬邦邦的烧饼,能喝上一口白开水简直是天大的恩赐。我天天往你饮食店跑,你呢,从不嫌弃,我看得出来,要不是你挡着护着,我早被赶出去了。"

文阿姨憋着泛着红晕的脸庞说:"不就是一口水嘛,值你惦记这么长时间。"

对方说:"岂止一口水,你还招呼我坐下来,坐下来慢慢吃。那段时间我胃病正厉害,已到了糜烂、出血的程度。但是我不能请假,我父母有病,妻子有病,一家老小全指望着我。要不是你经常给我些残汤剩汁,或许我的胃早就保不住了,或许我的命早就保不住了。"说着说着,对方眼圈红了起来。

文阿姨终于想起来了,有段时间,是有这么个小伙子,天天捂着肚子到饮食店来,讨得一口水后,蹲在一角,站着吃。

对方说:"滴水之恩当涌泉相报。二十年前我就发誓,等有了钱,一定请你吃顿饭,在最好的饭店,吃最好的饭菜。"

文阿姨瞪着眼睛,点点头说:"原来是这样呀,早知道这样……可是……可是……"

"别可是了。"对方说,"这些年,我努力赚钱,就想等这一天。"对方拿出一沓钱,说:"这是我的一点心意,要么与我吃饭去,要么你把钱收起来。"

文阿姨说:"等等,等听完我的故事再说。"文阿姨说:"我是祖父拉扯大的。祖父是个盲人,为了有口饭吃,不得不做些简单粗陋的手工出去叫卖。一次,我祖父跌进了一只露天粪坑,差点……后来,就由我牵着祖父的手,走东街跑西村。那时我才五六岁模样,跑着跑着就累了就困了,跑着跑着就趴到了祖父背上。有时一天下来没换回一分钱,就注定要饿一天肚子。祖父能熬,我熬不了,哇啦哇啦哭,祖父变着法子哄我。有天,祖父实在哄不了,把我放在路边,祖父也蹲在路边,双手捧着头,我知道祖父哭了,但祖父的哭不像我,没有声音,只肩膀在抽动。这是我第一次看见祖父哭,也是绝无仅有的一次。就在这时,来了一个妇人。妇人说这孩子是饿坏了,到我家去,我替你们盛饭去。一听有饭吃,我马上不哭了。我与祖父一人端个饭碗,站在妇人的门外。妇人看我狼吞虎咽的样子,说进屋去,坐下来慢慢吃。祖父说哪能进屋呢,非亲非故的,有碗饭吃已经谢天谢地了。妇人把我领进屋,妇人说坐下来,人到家里来,哪能站着吃呢。"

文阿姨说到这儿,红着眼圈打住了。

文阿姨把对方攥着钱的手缓缓地推开了……

对方说:"也好。我开办了一家专为民工服务的餐馆,有机会你一定得去参观参观。"

第七辑

三 我叫艾薇儿

我叫艾薇儿

过完年,国民的女儿就三十了。国民说:"囡囡你别整天盯手机,盯手机还能盯出个子丑寅卯来!"

囡囡说:"我这是在工作。"

囡囡的工作在国民看来相当不靠谱,不靠谱到羞于在老朋友、老街坊面前显一显摆一摆。

国民的要求其实并不高。高什么呢?自己只不过是个纺织工,而且,老早下岗了,东打西拼好不容易熬到退休,余生就想替女儿带带孩子享享天伦。

可是囡囡,别说结婚生子,连个正经的工作都没着落。

囡囡大专文凭,营销专业。第一份工作是鲜食连锁店的代理组长,囡囡想尽早摘掉代理这顶"帽子",她尽心尽力,加班加点,月底盘货通宵达旦。半年后,组长的位置还是被店长的表妹占领了,囡囡躲在厕所里哭了三十分钟,牙齿咬破了嘴唇皮。囡囡痛下决心考会计证。

囡囡的第二份工作自然是会计了,一家服装企业的现金会计。财务部主管是老板的姐姐,姐姐本身不贤惠又逢更年期,那腔调,像横七竖八的麦芒。囡囡可不想做针尖,只做惊弓之鸟。渐渐地,囡囡的例假出现了问题,不是推迟就是提前。渐渐地,影响到了同事,同事说与其集体阵亡不如集体辞职。

国民说:"不能辞。"

囡囡像曾经沧海般说:"从今以后死也不打工了,哪怕做一分钱的老板!"

国民说:"店千店万不蚀房租算运气!"

囡囡说:"老妈你OUT了,开通微信,手机上就可以做。"

国民说:"手机上开店谁知道?"

囡囡说:"现在是网络时代,图片一挂,信息一发,眼睛一眨朋友圈就都知道了,朋友们如觉得我这东西货真价实,自会分享到各自的朋友圈,一传十、十传百。"

半信半疑的国民眼见囡囡吃饭盯着手机,如厕盯着手机,走路盯着手机,好像睡觉也在盯……

然后囡囡的生意很不理想,卖出去的衣服不是嫌大就是嫌小,不是退就是换,生活费赚不回不说,还把国民搅和了进去。也难怪国民要啰唆。

一个三十不婚的女子,放国民那年代,早被怀疑"有问题"了。囡囡不着急,不但不急,还有点幸灾乐祸,什么她的同学、朋友,三十不婚的大有人在;什么现在流行闪婚闪离,老妈你是不是也希望我今天出嫁明天就打道回府?

国民说:"瞎说,哪有这么容易离的,极少数而已。"

囡囡舌头一伸说:"你又OUT了,目前结婚与离婚比率已上升至三比一,有的地区高达三比二。"

这话说了不久,囡囡突然带回一个稳妥妥的男士,看上去在三十至四十之间,规规矩矩向国民行了个鞠躬礼,把两盒包装精致的红酒恭恭敬敬放桌上。国民眼角一瞟,估出了大概,便使出浑身解数弄了一桌。吃饭时,囡囡故意往国民身边挤了挤说:"老妈,这儿距海南远不远?"

国民说:"远呐,去年社区组织旅游,我晕机,没去成。"

囡囡又往国民身边挨了挨说:"海南好不好?"

海南好不好国民还真不清楚,便像征询意见般朝男士看了一眼,发现他在笑,笑容很神秘。国民不解神秘之意,便也笑着说:"问这干吗?好不好关我什么事?"

囡囡嬉皮笑脸指着男士说:"他就是海南的。"

国民一愣,差点掉下手中的筷子:"海南……你们怎么认识的?"

囡囡一把搂住国民的脖子说:"反正没上相亲节目。"

囡囡转身从包里拿出一部手机递给国民:"老妈,这是最新款式的'苹果',是他特意送你的。现在就教你开通微信,以后想我了,就点我的头像,随时联系随地视频,那感觉就像没离开你一个样。"国民听囡囡又是"我们"又是"离开"的,知道此事八九不离十。囡囡边揿着手机边说:"老妈,现在都用昵称,你也想一个出来。"

"什么叫昵称?"国民不懂。

囡囡说:"老妈你简直 OUT 彻底,昵称就好比是你的乳名。对了,你小时候叫什么?"国民说:"我小时候就叫国民。不好听,长大后想改,麻烦。记得我有两个小学同学,上海过来的,一个叫'艾艾'一个叫'薇薇',娇娇柔柔的名字,我特羡慕,做梦都想拥有。"国民说罢,忽然灵光一现,"我叫艾薇儿!"

囡囡高兴得跳起来,拉过国民欢呼道:"艾——薇——儿,老妈你叫艾薇儿,哇——老妈你一点也不 OUT 了!"

一星期后,囡囡起程。出发之前,囡囡替艾薇儿添加了自己的朋友圈。想了想,又把男士的朋友圈添加了进去。

囡囡在时,天天催嫁,一旦不在身边,国民像丢掉魂,她盯牢手机,其状与囡囡一模一样。她看见囡囡下了飞机,又看见囡囡

跨上了轿车,看样子,是专门来接囡囡和男士的。

半个月过去了,囡囡没回来。一个月时,囡囡送回一条语音,说暂时不回来了,他家的企业正好缺个会计……

国民马上回过去一条语音,说囡囡你别惦记我,艾薇儿的朋友已经遍天下。

等一等

那是上个月的事了。

老太吵着要去医院。

二儿子说:"等一等,已经月底了,再过几天就要去三弟家了,让三弟顺道载你去。"

老太说:"我难受,骨骨节节像有蚂蚁在啃,怕等不到老三了。"

二媳妇脸一拉说:"你懂不懂自己下趟楼梯有多麻烦。你真会拣日子,每次都在我们家寻事儿,人家说你害怕老大喜欢老三不拿臭老二当回事。我看是这样子!"

老太避开二媳妇厌恶的目光,侧过头,抿紧嘴巴,眼泪一颗接一颗落下来,悄无声息,把枕头洇湿了一大片。

"老头子,老头子……"老太默念着老头子。

老太记得清楚,五年前的一天午后,老太刚刚收拾好碗筷,老头子忽然脸色煞白喊胸口疼。老太说:"赶紧去医院。"老头子捂着胸口说:"等一等。"老太说:"等什么等。"老太把老头扶上三轮车。那时,老太还强健着,老太跨上三轮车,敞开的衣襟像两扇飞翔的翅膀。

医生说:"你们子女呢?"老太说:"儿子们等一等要来的。"可是,不等儿子们凑齐,老头子腿一伸,走了。

老太就是从老头走了以后开始萎靡的,先是眼睛模糊,老太揉着眼睛去田里挑菜,不料被洋葱绊倒。等邻居发现,老太已经好几顿没着没落了。儿子们从城里赶过来,首先把老太责怪了一通:叫你别哭别哭你横竖要哭,能哭活的话还轮得到你来哭。老太不回嘴,儿子是自己身上的肉,回嘴不如直接甩自己耳刮子。儿子们责怪归责怪,大道理无法逃避,却又想不出更好的办法。老太看这几块肉个个抓头挠耳的,知道他们有口难言,就把话挑明在先:"养老院不能去,不是我不肯去,而是我怕你们被人戳脊梁骨。轮吧,像人家那样,从老大开始,你一个月他一个月。"

老太习惯早起,天蒙蒙亮就趿拉着鞋满屋子来回。儿孙们说:能不能等一等起床?

老太说:"我睡够了。"

媳妇们说:头晚能不能等一等再睡?

老太看不见电视,只有坐着干等,等得东倒西歪,等得哈欠连天。老太熬不住了,蒙进被窝,对老头子说:"老头子你走了倒自在,一了百了,留下我活受罪!"

活受罪的日子在后面。

老太有起床即大解的习惯。按理说,这习惯是好事。但是老太动作慢,像电影里的慢镜头。子孙们等不及,这个说上班要迟到,那个说上学要迟到。一致要求老太等一等。

老太没说自己平常有点小失禁。

老太非常淡定非常有尊严地坐下来,告诫自己一定要坐稳一定要坐牢,而且要分散注意力。七想八想之间老太不由自主欠了欠屁股,这一欠不要紧,就有了喷涌而出的感觉。

老太不敢说,等屋里终于安静下来,挪到卫生间,凭感觉去打理。儿子先回家不要紧,若媳妇先回来,肯定开老太批斗会:你看你看,地砖、马桶;你看你看,你脚上的鞋子;你看你看,这盆、这屋……到处是你做的好事!

老太经过几番自省,终于想明白,只有少进,才能少出。天长日久,老太的体质一日不如一日。

老三把老太送进医院时,只能喝几匙流食的老太,像一把轻飘飘的干柴。

媳妇们抢着对医生说:不要化验拍片子,有了结论又能怎样?还能下刀子吗?下了刀子又怎样?等一等再说吧。

一礼拜葡萄糖加去痛药,老太胃口未开,精神未好,有时出现气息奄奄症状。"不如趁早回去,不作兴老在外面的。"这声嘀咕,老太听得真切。

老太脑袋一点也不糊涂,心里头仍明镜般亮堂呢。老太颤抖着嘴皮吐出几个字:"回我老屋。"

看见老屋,老太眼珠子活泛了许多,从织满蜘蛛网的屋顶移到尘埃寸厚的锅盖,最后定格在老头的遗像上面。老太轻轻说了声"老头子,我陪你来了"。尔后合上眼皮,昏睡过去。

老三说:"到了这份儿上,咱兄弟妯娌,一个也不能离开。"

后来数天,老太滴水不沾,只一丝若有若无的气息表明她还活着。媳妇们叫苦连天:吃不消啊,再熬夜的话,陪她一起上路算了!

第七天黄昏,老太突然掀开眼皮,喉咙里呼噜呼噜的,似乎有什么东西滚上滚下。儿子们俯下身子,听见是个"饿"字在滚。

儿子们说：好了，天不该绝咱老娘，知道饿了。吃点面条吧，容易消化。

媳妇们躲在一处说：这是回光返照，怕是过不去今夜呢。不行，不能弄在深更半夜，让她等一等，等天亮了再走。今夜，我们得抓紧时间补一觉。接下来料理后事，至少三天三夜不能合眼。

媳妇们拢上去，一口一声"老娘"的叫，说老娘你实在要走的话，等一等，等天亮了再走。

老太是听见了的。

不然，不会等到天亮时才闭上眼。

烟　花

老婆子，终于熬到了年初五。

老板说初五接财神。八点钟，他要我准时放烟花。城里人喜欢放烟花，从大年三十开始，这儿"砰砰砰"那儿"啪啪啪"，这一阵儿，最最热闹。我刚迷迷糊糊，又被吵醒。干脆起来，坐在外面看烟花。

烟花真好看，红的、绿的、蓝的、青的、玫的、紫的……一朵朵，一朵朵，把天空染得像块大花布。老婆子你是没看到，看到了一定会发颠。姑娘时你就喜欢颠，遇着高兴的事就颠。

老板说了，放烟花也给封红包。

年前，我已得到了一个大红包。老婆子你猜猜看，老婆子你肯定猜不到，整整280元啊！白送的280元啊！老板说我过来才大半年,要是整年的话,给封500元。老板拍拍我肩头说好好干,争取明年拿800。一起干活的告诉我,优秀员工多300。

老婆子,先前村里人净瞎说,什么城里老板心黑,干了活不发工钱。瞎说的!老板心眼真不坏,晓得我过年不回家,拎过来一大堆鱼肉,还有酒。头一回,敞开肚皮吃了这么多好吃的。老板还客客气气对我说,要是吴师傅你也回去过年的话,还真愁请不到一个合适的人来守这摊。

嘿嘿嘿,老婆子,这里的人都喊我"师傅"。我不过是个扛物件的,从大大小小汽车上往屋里扛,再从屋里头往大大小小汽车上扛,就这么扛来扛去,也被喊作"师傅"。不管怎么样,心里头挺受用。

其实,我也想回家,挺想挺想,活了一花甲,从未在外头留过宿,甭说过年了。老婆子,这你知道的。

老婆子,出来时我答应你找到儿子就回去。没想到找个人这么难,仿佛大海捞针。问了好几个老乡,都说咱儿子财迷心窍,投奔了什么组织,说这种组织既神秘又保密,外面的人摸不进,进去的人出不来。老乡耍点子要我去报案。报案?跟谁报案去?这城市这么大,马路比咱山道道还绕得厉害,估计几天几夜绕不完,估计绕进去出不来,万一把自己绕没了,谁替我报案呢?我想等过完年再去寻,或者,请老板出面帮帮忙,这老板,心眼真不坏。

老婆子,也怪咱,当初就不该让儿子跑出来。也怪村里人,一拨拨往外跑,跑着跑着,连村东头的沈跛子及村西头的李瞎眼也被子女拉扯到了城里头。我走时,只剩下无儿无女的小四黑。小四黑听说我也要走,一把揪住我衣角,眼泪哗哗跟失去亲爹亲娘似的。我说莫难过,等我寻到儿子,就回来。

我像村里其他人一样,塞给小四黑二十元,拜托他大年三十去村后山坡上看看你老婆子。

与你唠唠嗑,时间过得快起来。这几天不干活,实在难挨,我竟然学会了……学会了……唉,老婆子,玩儿玩儿的,完了也不玩了,不告诉你听也罢。

往常这时候,咱窝里公鸡开始打鸣了。我出来时,狠狠心把几只鸡拎捉到了集市上,另外把两头羊一头猪也赶了过去。这几天七想八想的,倒舍不得它们了。

我出村时,李瞎眼家的狗沿山道道追了好几个弯。李瞎眼媳妇心狠,说城里宠物比它漂亮、干净。说它去了,永远是条遭人嫌的狗。

再过一时辰,天就要亮了。老婆子,我回屋眯会儿。

老板吩咐我晚上睡觉时把这卷帘门合上,外头那道铁丝门也拉上。这铁丝门不活络,拉来拉去还真费力气。

刚合眼,"砰砰砰""啪啪啪"的声音又来了,又把吴师傅炸醒了,怎么回事?这回就像在这间屋里,在屁股底下或者枕头底下。怎么回事,难不成谁在这屋里放起了烟花?

不容吴师傅多想,眼前满是蹦跶的火花。吴师傅一边喊救命一边连滚带爬扑向卷帘门,不好,火势已经像蛇一样游来了……可是,这该死的铁丝门,"救命……救命……"吴师傅喊救命的瞬间,看见了老婆子。吴师傅说老婆子你怎么来了?老婆子你为什么站着不动?老婆子你为什么不帮我打开铁丝门?

后记:当消防队员赶到时,已被烧成一具焦炭的吴师傅倒在铁丝门内侧。火灾原因暂时确定为烟花自燃,自燃原因可能由吴师傅抽烟引起。据吴师傅同事回忆,年前吴师傅曾替某老板装卸过一车货物,事后加赏给吴师傅一包香烟。吴师傅称不会抽烟,却宝贝似的藏了起来。

这场发生在新年伊始的火灾,惊动全城。

火灾第三天,一个自称吴师傅儿子的年轻人摸着被烟火熏黑的铁丝门说:"准备拿起法律武器替父亲讨回公道。"

离　婚

公爹上门来了。

公爹对小萌说:"最近手头紧,你把亲朋好友随的喜钱拿给我,不,算借给我吧。"公爹刚生过一场病,住了一阵医院。

正躲在被窝里数钱的小萌说:"喜钱是给我孩子的。"

公爹说:"给孩子不错,但不能白拿啊,我们要摆满月酒。"

小萌说:"是摆,应该摆。"

公爹说:"你知道这个理就好。"

小萌说:"摆酒是你们的事。"

公爹说:"什么你们他们,我们是一家子呀。"

小萌说:"小的收钱,老的摆酒,老皇历。"

三岁看小,八岁看老。小萌从小嗜钱如命,有次家里让她去打黄酒,她硬说攥在手里的钱被窜出来的狼狗叼走了。家里只好又拿钱给她。说好二斤只打了一斤,小萌谎说酒坛子里只剩了一斤。家里问多余的酒钱。小萌说跑来跑去跑饿了,买了烧饼垫进了肚子。

小萌把多余的钱塞进了钱包。

小萌有个假皮做的钱包,里面攒了好几十元,小萌早也拿出来看看晚也拿出来看看,自以为神不知鬼不觉老鼠衔不走,岂料有一天,钱包失踪了,小萌好伤心,哭了好几回。

小萌认定是家人干的。

小萌老公是小萌自己定夺的,小萌的依据是未来的公爹舍得用钱,小萌每次去总要专程买菜,鸡鸭鱼肉十二分丰盛。让小萌不可思议的是未来公爹相当有气魄,当着小萌的面数一沓沓钱。不像自己家里人,数钱总背着小萌,鬼鬼祟祟的。

新婚之夜,小萌把老公关上的房门重新关了一遍,又将自己脱下来的衣服压在了老公身上。老公果然言听计从,一切由小萌说了算。包括婚后与公爹分开住。

公爹不高兴了:"你到底拿不拿?"

小萌说:"不拿。"

公爹一挥手:"满月酒不办了,把喜钱退掉算了。"

小萌把被窝里的钱装进口袋,想把孩子也抱走,公爹不让。

小萌离婚了。

小萌第二个老公比小萌大二十岁,令小萌始料不及的是,结婚不久,老公就不上班了,老公说:"父母年纪大了,请保姆的钱比自己工资高,不如自己照顾得了。小萌你在这家里别担心钱,但是一切得听我的。"

老公说到做到,带父母出国,小萌跟着去玩;参加亲朋宴会,小萌跟过去就吃;逛街,小萌看中的衣服鞋子,拿了就往身上套。小萌生了孩子后,老公马上请了保姆,保姆带着孩子不待婴儿房,只待公公婆婆处。小萌有意见,老公说:"父母年纪大了,让他们享享天伦。"

小萌说:"孩子必须由爸爸妈妈来教育。"

老公说:"放心,爷爷奶奶都是大学教授。"

孩子百日,酒席摆得浩浩荡荡,不等小萌开口,老公把喜钱统统给了小萌。小萌对着钱说:"我不要钱,我要孩子。"

老公很吃惊的样子。

小萌也吃了一惊。

转眼,孩子三岁,孩子与保姆亲与爷爷奶奶亲,独独不与小萌亲。小萌想把孩子带在身边,还得看公公婆婆脸色。

小萌对老公说:"我得领着孩子离开这里。"

老公说:"父母年纪大了,他们更离不开孩子。"

小萌说:"这是我的孩子。"

老公说:"这是没办法的事。"

小萌离婚了。小萌觉得,离婚了反而有机会接近孩子。

小萌又结婚了。

小萌没房子。

第三任老公是个离休干部,有好几套大房子。离休干部说:"只要你把我照顾好,这些房子都是你的。"

离休干部早餐喜欢喝粥,五谷杂粮,现熬现吃。中午四素两荤,这四个素两个荤,至少一星期内不重样。

离休干部最讲究的是晚餐。

晚餐不要小萌动手,离休干部亲自动手。

晚餐在浴室进行。

准确说是在浴缸中进行。

离休干部把一花篮一花篮鲜艳的玫瑰花花瓣,一把把往小萌身上撒,撒得很仔细很小心。等小萌的身体像块温热的透着香气的玉,离休干部就开始"吃",从小萌的头发丝"吃"到小萌的脚丫子,一寸不落,把小萌"吃"得红一块紫一块青一块。

小萌说:"你这是变态,是虐待。我要离婚!"

不料离休干部"呜呜呜"哭了起来,说:"老婆去世早,后来为了孩子没有续娶,现在孩子远走高飞了,想捞良辰美景弥补弥补。"

小萌说:"我受不了。"

离休干部说:"我控制不了,看见你我就像着了魔。"

小萌说:"我也控制不了,看见你我就浑身发抖。"

离休干部抓住小萌的手说:"别离开我,我有钱,很多很多的钱,我的钱就是你的钱。"

小萌晃着头尖叫:"我不要钱!"